KB088858

호러, 이 좋은 걸 이제 알았다니

호러, 이 좋은 걸 이제 알았다니

남유하 지음

구픽

$$\boxed{\text{목차}}$$

3장. 우리가 호러에 대해 알고 싶은 것들

4장. 호러 거장들의 삶과 작품

사랑하는 엄마에게

어서 오세요, 호러의 세계에

"호러 에세이라면 저도 잘 쓸 자신이 있습니다."

이 책은 저 오만방자한 한마디로부터 시작되었다. 어떤 맥락에서 튀어나왔는지 정확히 기억나지는 않지만 트위터에서 에세이 관련 이야기를 하다 던진 말이었다. 그리고 몇 시간 후, 나는 구픽 대표님으로부터 호러 에세이를 써 볼 의향이 있느냐는 DM을 받았다.

당연히 신이 나서 계약을 했다. 그러나 에세이를 쓰는 일은 생각만큼 쉽지 않았다.

애당초 나는 허구의 세계에 최적화된 인간이다. 일어날 수 없는 일, 혹은 일어나지 않은 일을 그리는 작업이 재미있지, 진솔함을 바탕으로 풀어나가는 에세이의 균형을 맞추는 일은 너무나 어려웠다.

에세이의 도입을 썼다 지웠다 하길 수차례, 차라리 호러 입문서처럼 쓸까도 생각해 봤다. 하지만 목차를 정리하는 단계에서 포기하고 말았다. 나는 예전부터 논문이나 제안서처럼 체계적이고 분석적인 글에는 자신이 없다. 무엇보다 나는 호러를 지나치게 사랑한다는 문제점이 있었다. 사랑에 빠진 사람이 자기 애인을 화장실도 안가는 천사인 줄 아는 것처럼, 나는 호러라면 무조건 좋아하기 때문에 객관적인 눈을 가질 수가 없었다. 그렇지만절대, 이 기회를 놓치고 싶지는 않았다.

어떻게 하면 호러를 좋아하는 사람들이 재미있을 만한 에세이를 쓸 수 있을까.

어떻게 하면 호러를 잘 모르는 독자들에게도 매력적으로 다가갈까.

고민 끝에 <슬럼독 밀리어네어>처럼 쓰기로 했다. 영화 <슬럼독 밀리어네어>에서 주인공 자말은 퀴즈쇼에나간다. 그리고 자신의 인생을 바탕으로 어려운 퀴즈를척척 풀어나간다.

나도 자말처럼 내 경험을 바탕으로 이야기를 풀어나가기로 했다. 지나온 삶을 돌이켜보니 귀신은 한 번도 보지 못했지만 나름대로 호러 친화적인 삶을 산 것 같았다.

그렇게 이 책을 쓰기 시작했다.

1장은 호러의 추억, 내 인생의 이야기다. 호러와 관련된 유년 시절의 경험을 담았다. 2장에서는 호러 작가라는 극한 직업의 고충과 호러에 대한 단상들을 적어 봤다. 3장에서는 호러와 괴담의 차이 등 호러 초심자들이 궁금해할 만한 이야기들을 풀어놓았다. 4장에서는 호러 거장들의 삶과 내가 좋아하는 작품을 소개했다. 그리고 부록에서는 호러의 하위 장르, 호러와 타 장르의 결합, 국가별 호러의 특징 등을 다뤘다.

쓰고 나니 호러라기보다는 블랙 코미디에 가까운 이야기가 되어 버렸다. 하지만 한 가지는 자신 있게 말할 수 있다. 『호러, 이 좋은 걸 이제 알았다니』는 호러를 사랑하는 사람들도, 이제 막 호러의 세계에 입문하려는 사람들도, 호러와 아무 관계 없는 사람들도 부담 없이 재미있게 읽을 수 있을 것이다.

이 책을 펼친 여러분께 호러의 신이 함께하길!

일러두기

1. 중단편 소설 개별 작품은 「」, 장편소설과 중단편 작품집은 『』로 표기하였습니다.
2. 영화, 드라마, 게임 등은 〈 〉로 표기하였습니다.
3. 노래 제목, 시리즈명 등은 ' '로 표기하였습니다.

1장.

호러의 추억

호러 작가의 유년 시절

베개로 물리쳐

내 첫 호러 단편집 『양꼬치의 기쁨』 작가의 말에서도 언급한 적이 있지만, 어렸을 때 나는 겁이 많았다. 특히 밤에 혼자 자는 게 너무 무서웠다. 창밖의 나무가 달빛에 비쳐 드리우는 그림자만 봐도 가슴이 철렁했고, 옷걸이에 걸려 있는 코트를 보고도 깜짝깜짝 놀랐다. 낮에는 귀엽던 인형들도 달빛 아래서는 으스스하게만 보였다. 베개를 끌어안고 엄마 아빠 방으로 가서 "오늘은 같이 자면 안 돼요?"라며 묻기도 했지만 언제나 돌아오는 대답은 "안 돼."였다. 어쩔 수 없이 이불을 머리끝까지 뒤집어쓰고 정 숨쉬기가 답답하면 코만 밖으로 내놓고 자곤 했다. 다음 날이 되면 이불은 침대 아래로 떨어져 있고 배를 다 드러낸 채 일어나곤 했지만.

그래도 자다가 무서운 꿈을 꾸면 엄마 아빠 방으로 달려갔다. 달리기라면 언제나 꼴등을 도맡아 하던 내가 유일하게 빛의 속도로 달리는 순간이었다. 귀신이 나왔다며 눈물이 그렁그렁한 눈으로 파고드는 나를, 그때만큼은 엄마도 내치지 않고 안아 주었다. 무서운 꿈을 꾸는 건 싫지만 엄마랑 같이 자는 건 좋았다. 얼마간 그런 날들이 계속되었다.

어느 날 밤이었다. 그날도 나는 무서운 꿈을 꾸고 엄마 아빠 방으로 갔다. 그런데 엄마가 머리맡의 조명등을 켜더니 침대에서 일어나 앉았다. 엄마는 내 어깨를 양손으로 꼭 쥐고 눈을 마주 보며 말했다.

"딸, 꿈에 귀신이 나오면 도망치지 말고 맞서 싸워. 베개로 물리쳐."

"베개로? 어떻게?"

"베개 싸움하듯이 막 때려 줘."

"무서운데?"

"네가 무섭다고 생각하니까 무서운 거야. 하나도 안 무섭다, 내가 이긴다 생각하면 쫓아낼 수 있어."

베개로 물리쳐. 베개로 물리쳐. 나는 이 여섯 글자를 주문처럼 외며 방으로 돌아왔다. 그리고 베개를 꼭 끌어안고 잠들었다. 그날은 다행히 무서운 꿈을 꾸지 않았다.

며칠 후, 어김없이 꿈에 귀신이 나왔다. 정확히 말하면 검고 긴 망토를 입은, 창백한 얼굴의 흡혈귀였다. 아마도 당시의 나는 '드라큘라 백작'에게 과도하게 몰입해 있었던 것 같다. 나는 엄마 말대로 꿈속의 흡혈귀에게 베개를 휘둘렀다. 하늘색 곰돌이가 그려진 폭신한 베개를 일곱 살짜리의 온 힘을 실어 마구마구. 그리고 그 방법은 효과가 있었다. 흡혈귀가 겁에 질려 도망갔으니까! 나는 도망치는 흡혈귀를 따라가며 때리다가 꿈에서 깼다. 와, 내가 이겼어! 실제로 소리 내어 웃진 않았지만 큰 소리로 웃고 싶은 심정이었다.

흡혈귀를 물리친 일이 어찌나 신이 나던지 그날 이후 나는 귀신이 나오는 꿈을 꾸기를 바라며 잠자리에 들었다. 유령이든 좀비든 외계 생명체든 나오기만 해 봐라, 하고 벼르고 있었다. 그런데 아쉽게도 그날 이후 내 꿈은 평화롭기만 했다. 악몽을 두려워하지 않게 된 다음부터 악몽을 꾸지 않게 된 것이다. 귀신은 사람들의 두려움을 먹고 산다는 게 정말일까?

그런 이유로, 나는 겁 없는 아이가 되었다. 그리고 무서운 것과 기이한 것을 사랑하는 어른으로 자라났다.

어른이 되고 나서는 종종 악몽을 꾼다. 스트레스를 받으면 반복적으로 꾸는 꿈이 몇 가지 있는데 가장 자주 꾸는 악몽은 엘리베이터 꿈이다. 엘리베이터에서 버튼을 눌렀는데 원하는 층으로 가지 않거나 멈추지 않고 끝없이 내려가거나 혹은 올라가거나, 때로는 수평으로 이동할 때도 있다. 어릴 때처럼 괴물이 나올 때도 있다. 하지만 나는 꿈속의 괴물을 베개로 물리칠 수가 없다. (절대 내가 약해져서가 아니야. 어른의 꿈은 아이의 꿈처럼 단순하지만은 않잖아?) 어쩌면 곰돌이 베개가 아닌 라텍스 베개라서 효험이 없는지도 모른다. 이럴 줄 알았으면 그 베개를 가보로 간직했어야 했나 보다.

한니발 렉터에 버금가는 연쇄살인형(人形)마

어릴 적 살던 집은 아파트가 아닌 단독 주택이었다. 그 집에는 특이한 장소가 있었으니 이름하여 '애기장'. 새 장, 토끼장처럼 애기들을 기르는(?) 장이었다. 애기장의 생김새를 설명하려면 일단 우리 집 구조부터 설명해야 한다. 우리 집은 <응답하라 1988>에 나오는 것처럼 1.5층 집이었다. 대문을 열고 들어가면 다섯 칸쯤 되는 계단이 있고, 계단을 올라가면 현관문이 있고, 현관문을 열면 거실이 나오는 형태의 집이었다. (거실 앞에는 계단에서 이어진 복도가 있다.) 애기장은 거실 맞은편, 주방 옆의 작은 방 외벽에 붙어 있는 나무집이었다. '장'이라는 이름이 붙은 건 새장처럼 울타리로 만들어져 있었기 때문이다. 나는 울타리 아랫부분에 발을 디디고 서서 아래를 내려다보는 걸 좋아했다. 애기장에는 무지개색 미끄럼틀과 기다란 벤치, 장난감들이 들어 있는 색색의 플라스틱 바구니가 있었다. 장난감은 대략 세 종류로 분류되었다. 빨강, 노랑, 파랑, 원색의 나무로 만들어진 블록, 오빠가 가지고 놀던 자동차와 로봇, 카키색으로 만들어진 작은 군인들, 그리고 엄마가 나를 위해 사 준 인형, 의사 놀이, 소꿉놀이 세트 등등. 하지만 내가 가장 좋아하는 건 인형도, 소꿉놀이도 아닌 노란 사다리가 달린 빨간 소방차와 스위치를 누르면 발사되는 주먹을 잃어버린 로봇 같은 것들이었다.

한겨울을 제외하고, 나는 항상 애기장에서 놀았다. 동네 친구들도 놀러 왔고, 초등학교에 들어가고 나서는 같은 반 아이들도 놀러 왔다. 엄마는 그럴 때마다 과자와 음료를 간식으로 주었다. 과자를 먹을 때면 나랑 놀 때보다 백만 배는 즐거워하는 표정을 짓는 아이들을 보며, 나도 주인으로서 아이들에게 뭔가를 대접해야겠다는 생각을 했다. 그래서 나도 부지런히 나만의 간식을 준비했다. 간식을 만드는 레시피는 다음과 같다.

첫 번째, 주방에서 어린이용 접시를 가져온다. 내가 좋아하는 미피 캐릭터가 그려진 플라스틱 접시다.

두 번째, 바비 인형들의 옷을 벗긴다.

세 번째, 바비 인형들을 분해한다. 몸통에서 머리, 팔, 다리의 순서로 뽁뽁 뽑는다.

네 번째, 다리를 골라 가장 큰 접시에 담는다. 머리는 바구니에 던져 놓고 팔과 몸통은 작은 접시에 담는다.

이후에는 친구들에게 다리를 하나씩 나눠 주며 "잘 구

워진 다리야. 맛있게 먹어."라고 말하면 된다. 낯선 요리를 어떻게 먹어야 할지 몰라 당황하는 친구들을 위해 시범을 보이기도 했다. 다리 하나를 집어 들고 맛있게 뜯는 시늉을 하는 것이다. 쩝쩝, 소리까지 내면서.

이런 노력에도 불구하고, 내가 만든 간식을 달가워하는 아이는 단 한 명도 없었다. 대부분은 뜨악한 표정을 지었고, 몇몇 친구들만 장단을 맞춰 주느라 다리를 집어들며 쓴웃음을 지었다. 몇몇은 그만 집에 가 봐야 한다며 옆에 있는 친구를 팔꿈치로 툭 쳤다. "너도 가야 하잖아. 그렇지?"라며.

때마침 엄마가 고구마튀김을 가져오지 않았다면, 그 애들은 정말 집으로 돌아갔을 것이다. 아이들은 토막 난 인형이 담긴 미피 접시를 애써 외면하며 말없이 고구마튀김을 먹었다. 와작와작 소리만 애기장에 울려 퍼졌다.

과학실의 청개구리

역시 철모르던 초등학생 시절의 일이다. 과학 시간이었다. 그날은 물고기와 청개구리 해부 실습을 하는 날이었다. 우리는 교실에서 나와 과학실로 이동했다.

과학실은 내가 학교에서 가장 좋아하는 공간이었다. 인체 모형은 물론, 창가에 나란히 진열된 표본들이 너무 좋았다. 언제부터 그 자리에 있었는지 알 수 없는 표본들은 포르말린 용액 속에서 퇴색되어 하나같이 물에 불은 발가락 색을 띠고 있었다. 나는 박쥐, 해마, 물고기, 반으로 잘린 닭 등 죽은 생물을 보면서 그것들이 살아 있을 때의 모습을 상상하는 것이 좋았다.

우리는 여섯 개 조로 나뉘어 해부 실습을 했다. 실험대의 트레이 위에는 살아 있는 붕어가 입을 뻐끔거리고 있었다. 누군가는 메스를 들어야 하는 상황인데 아이들은 징그럽다며 몸을 잔뜩 뒤로 젖히고 있었다.

"내가 할게."

나는 교실에 나타난 용을 물리치는 기사의 마음으로

테이블 가까이 갔다. 아이들은 손뼉을 치며 좋아했고, 나는 메스를 들어 자신 있게 붕어의 배를 갈랐다.

이런, 용기가 지나쳤던 걸까. 너무 과감하게 배를 가르는 바람에 부레가 터지고 말았다. 우리가 가장 먼저 관찰해야 하는 건 공기가 들어 있는 물고기의 부레였는데….

옆 조에서는 풍선껌으로 분 조그만 풍선처럼 부푼 하얀 부레를 꺼내 탄성을 질렀다. 우리 조는, 잔뜩 찌푸린 얼굴로 납작하게 찌부러진 반투명 막을 내려다보고 있었다. 다들 아쉬워하면서도 나를 원망하지는 않았다. 아직 해부는 시작 단계일 뿐이었으니까.

"자, 다음은 물고기의 소화 기관을 살펴보자."

선생님의 말씀에 나는 물고기의 배 아랫부분을 길게 갈랐다. 이번에는 조심조심 힘을 조절했다. 가른 배를 메스 끝으로 들추자 물고기의 창자가 보였다. 생선구이나 매운탕은 먹어 본 적도 없다는 듯, 아이들이 한데 뭉쳐 몸서리쳤다. 그 순간 내게 실험을 즐겁게 만들 아이디어가 떠올랐다. 나는 물고기의 배에서 창자를 꺼내 실험 쟁반에 담았다. 그리고 아이들 앞에 들이댔다.

"싱싱한 창난젓이야. 어서 먹어 봐."

바비 인형의 다리를 먹어 보라고 했을 때보다 열 배는 더 혐오하는 얼굴로 아이들이 나를 노려봤다. 하지만 나는 굴하지 않고 아가미 젓갈도 만들었는데 급기야 조원

중 한 명이 울음을 터트렸다. 놀란 선생님이 무슨 일인지 캐물었고, 아이들은 종알종알 내 행각을 고자질했다. 그에 대한 벌로 개구리 해부 시간에는 멀찌감치 뒤에서 구경만 해야 했다.

실험이 끝난 뒤 우리는 화단에 붕어와 개구리를 묻어주고 짧게 기도했다. 당시에는 몰랐고 철딱서니 없이 장난까지 했지만 돌이켜 보면 해부 실습 자체가 무척 잔인하고 불필요한 일이었다는 생각이 든다. 지금은 미성년자의 해부 실습이 금지되어 정말 다행이다.

(덧붙이는 말) 국회에서 보좌관으로 일하던 시절, 생명공학 연구원에 시찰을 간 적이 있다. 생명공학 연구원은 바이오 분야 전문 연구 기관으로 시찰단은 방진복을 입고 마스크와 헤어 캡을 착용하고 안으로 들어갔다. 나는 조금 두근두근했다. 우리나라 유전공학의 메카와 다름없는 곳이니 사진에서만 보던 등에 귀 달린 쥐라도 볼 수 있지 않을까, 내심 기대했다. 곧 그 기대는 실망으로, 실망은 부끄러움으로 바뀌었다.

실험실에는 내가 상상했던 것처럼 조직·세포를 배양받은 쥐는 없었고, 실험용 흰쥐들만 있었다. 조금만 세게 쥐어도 으스러질 듯 작고 힘없는 생명체였다. 시찰단을 안내해 주던 젊은 연구원이 철창에서 흰쥐 한 마리를 꺼내 손위에 올려놓았다. 그리고 떨리는 목소리로 말했다.

"인간의 생명을 살리기 위해 실험용 생쥐들이 죽어가고 있습니다. 생쥐뿐만이 아닙니다. 매년 동물 실험으로 희생되는 동물은 전 세계에서 수십만 마리에 이른다고 합니다. 우리는 항상 미안하고 고마운 마음으로 실험에 임하고 있습니다."

연구원이 흰쥐를 조심스레 철창 안쪽에 내려놨다. 크게 뉘우친 나는, 그날 이후 흰쥐를 단순한 실험 도구가 아닌 살아 있는 생명으로 보게 되었다. #동물실험반대

분신사바의 추억

중학교 2학년 봄에 있었던 일이다. 친구들과 나는 '분신사바'에 빠져 있었다. 분신사바는 귀신을 부르는 주문이다. 주문은 "분신사바 분신사바 오이데 구다사이(おいでください: "와 주십시오."라는 뜻의 일본어)". 왜 주문을 일본어로 하는지는 모르겠지만 하는 방법은 간단했다. 스케치북 위에 YES, NO라고 쓴 다음 한가운데 동전을 올린다. 그리고 세 사람이 동전 위에 검지를 올리고 주문을 외운다. 때로는 동전 대신 연필을 함께 쥐기도 한다.

이렇게 몇 번 말하고 나면 검지 끝에 전류가 흐르는 듯한 기분이 든다. 뭔가가 왔다는 신호다. 우리는 조심스레 "오셨어요?"라고 묻는다. 동전이 YES 쪽으로 움직이면 두근거리는 마음으로 질문을 하기 시작한다. 질문이 끝나고 나면 반드시 "안녕히 가세요." 하고 인사한다.

솔직히 질문들은 시시했다. "남자 친구가 생길까요?"나 "원하는 대학에 갈 수 있을까요?" 같은 것들. 다만 무언가 '사람이 아닌 것'의 기운이 느껴진다는 것이 마냥 신기했다.

한 번은 분신사바에 어찌나 몰입했는지 쉬는 시간이 끝나는 줄도 모르고 계속하다 담임에게 걸렸다. 평소에 화라고는 내지 않는 둥근 얼굴의 담임은 그날따라 험악한 표정을 지으며 우리에게 복도에서 무릎을 꿇고 손을 들고 있게 했다. 담임이 맡은 영어 수업이 끝나고 쉬는 시간까지 내내. 복도로 나온 애들이 우리를 보고 손가락질하며 키득거렸다.

쉬는 시간이 끝나고 나서야 우리를 일으켜 세운 담임은 "그런 놀이는 절대 해서는 안 된다."고 신신당부했다. "한 번만 더 걸리면 부모님을 부르겠다."는 협박과 함께. 하지만 '절대 ~ 안 된다'는 듣는 사람에게 '꼭 해야 한다'는 마법의 주문이 아닌가. 우리는 틈만 나면 선생님 눈을 피해 분신사바를 했다.

그러던 어느 날, 분신사바 삼총사의 동맹이 깨지는 사건이 발생했다. 선생님의 협박에도 끄떡 않던 우리를 겁먹게 한 건 화장실에서 우연히 만난 옆 반 아이였다. 눈이 크고 눈빛이 형형한 단발머리 아이. 복도를 지나다니며 얼굴은 봤지만 이야기를 나눈 적은 없었다. 그 아이가 다짜고짜 우리에게 다가와 말했다.

"너희 저번에 분신사바 하다 혼났지?"

"어? 어."

중학교에서의 소문은 빠르다.

"지금도 계속하니?"

"응."

"너희 분신사바 자꾸 하면 잡귀가 꼬일 거야. 그렇게 불러서 오는 귀신들은 잡귀뿐이거든. 잡귀들은 미래를 알지 못해. 너희를 놀려 주려고 그냥 거짓말하는 거야."

"잡귀라고?"

"응. 계속하다가 너희한테 들러붙을지도 몰라. 그리고 너희도 알겠지만, 절대로 혼자 해선 안 돼."

그 애는 진지한 얼굴로 말하고는 유유히 화장실을 나갔다. 우리는 의기양양하게 웃어넘겼지만 흔들리는 눈동자만큼은 감출 수가 없었다. 귀신이 붙는다니, 말도 안 되는 거짓말이라고 생각하면서도 찜찜하긴 했다. 그 이야기 때문이었을까. 우리는 분신사바를 하지 않게 되었다. 셋 중 누구도 무서워서 안 한다는 말은 하지 않았다.

분신사바를 끊은 지 일주일쯤 지났을 때였다. 나는 분신사바를 하고 싶어서 손가락이 근질근질했다. 금단현상이 나타난 것이다! 하지만 다른 아이들은 분신사바에 대해 잊어버린 듯, 자기가 좋아하는 아이돌 이야기를 하느라 정신없었다. 그때까지만 해도 혼자 할 생각은 없었다. 그날 집에 누군가 있었다면 나도 금단현상을 이겨내고 분신사바를 잊을 수 있었을 것이다.

학원에 갔다 집에 왔는데 마침 아무도 없었다.

아무도 없는 집, 발동하는 호기심. 호기심은 고양이를 죽이니까 사람은 죽일 수 없을 거야.

나는 혼자, 분신사바를 하기로 했다. 별 망설임도 없었다.

가장 먼저 집 안을 꼼꼼히 둘러봤다. 거실과 주방, 침실, 내 방… 혼령을 부르기 가장 적합한 장소는 욕실일 것 같았다. 공포 영화를 보면 귀신은 욕실 거울 뒤에 짠, 하고 나타나거나 샤워할 때 뒤에서 지켜보거나 하니까.

나는 화장실 변기 뚜껑을 내리고 그 위에 앉았다. 불도 켜지 않았다. 무슨 배짱인지 YES, NO를 적은 종이도 없이 허공에 검지를 세웠다. 그리고 주문을 외웠다.

"분신사바, 분신사바, 오이데 구다사이…"

아무 일도 일어나지 않았다. 사실 될 거란 기대는 없었다. 그래도 몇 번 더 주문을 외워 봤다.

"분신사바, 분신사바, 오이데 구다사이…"

찌리릿, 거짓말처럼 손가락 끝에 전기가 통했다. 셋이할 때보다 훨씬 강한 전류였다. 팔뚝에 소름이 끼쳤다. 약간 무서웠지만 멈추기는 싫었다. 나는 "오셨어요?"라고 물었다. 그때였다. 내 오른팔이 누군가에게 확 낚아채진 듯 위로 들렸다. 어, 이게 뭐야 싶은 생각도 할 틈 없이 내 팔이 제멋대로 움직였다. 교통경찰이 수신호를 하는 것처럼 왼쪽, 오른쪽, 아래, 위로 난폭하게. 망했다. 큰일 났다. 귀신 들리면 안 되는데… 짧은 순간 공포 영화에서 하지 말라는 짓을 해서 죽어간 엑스트라들의 얼굴이 스쳐 지나갔다. 엑스트라로 죽고 싶진 않다. 나는 다급하게—그러나 귀신의 기분이 상하지 않도록 공손하게—외쳤다.

"빨리 가 주세요. 다시 오지 마세요! 제발요!"

그렇게 정신없이, 한 다섯 번 정도는 반복했던 것 같다. 갑자기 팔이 아래로 툭 떨어졌다. 강한 자력 같은 이상한 기운이 스르르 빠져나가는 게 느껴졌다.

나는 그 후로 두 번 다시 분신사바를 하지 않는다. 가끔 하고 싶을 때도 있지만, 두 번은 나를 봐주지 않을 것 같아서.

첫사랑과 인체 모형

첫사랑은 고등학교 1학년 때 찾아왔다. 내가 다니던 고등학교는 5월에 체육 대회를, 9월에는 축제를 했다. 중학교를 졸업하고 고등학생이 되어 마냥 어색하기만 했던 3월이 지나고, 4월 초가 됐다. 체육 대회를 앞두고 대회에 나갈 선수를 뽑는다, 응원단을 뽑는다, 학교 분위기가 어수선했지만 몸치인 나와는 전혀 상관없는 얘기였다. '그날' 5교시, 수학 시간까지는 말이다.

수학 선생인 담임의 수업 시간이었다. 나는 수업을 알리는 종이 울린 다음에도 점심시간의 여파를 몰아 뒷자리 친구와 떠들고 있었다. 한순간 교실이 조용해졌다. 몸을 틀어 교단을 봤을 때는 이미 담임이 나를 노려보고 있었다. 그런데 사납게 치켜 올라갔던 담임의 눈이 반달 모양이 되더니 묘한 웃음을 지었다.

"38번, 일어나."

나는 자리에서 일어나 어깨를 잔뜩 움츠린 채 다음 말을 기다렸다. 담임은 장난스러운 목소리로 내게 물었다.

"너 응원단 해라."

"네?"

"응원단에 1학년이 한 명 부족하다는데, 네가 응원단 하라고."

줄넘기를 하면 세 개를 못 넘기고, 철봉에서 앞돌기도 못하고, 뜀틀을 하면 언제나 말 안장처럼 뜀틀 한가운데 털썩 올라앉는 주제에 응원단이라니, 말도 안 되는 일이었다. 게다가 나는 이미 중학교 무용 시간에 진도를 따라가지 못해 특별 훈련을 받은 경험이 있었다.

"저 춤 못 추는데요."

"괜찮아. 응원하는 거지 춤추는 거 아니야."

담임은 내내 웃으면서 말했지만 눈에서는 레이저가 나왔다. 그 기세에 눌려 나는 기어들어 가는 목소리로 말했다.

"네, 할게요."

뒤에서 아이들이 키득거리는 소리가 들렸다.

그날 이후, 고난이 시작됐다.

응원단은 방과 후에 남아 운동장 뒷편에서 응원 연습을 했다. 내가 합류한 시점에는 이미 2주 정도 진도를 나간 상태였다. 가뜩이나 몸치인 내가 2주분의 동작을 한꺼번에 익혀야 한다니, 그야말로 악몽이 따로 없었다.

처음 며칠은 부단장 선배가 개인 교습을 해 주었다. 순정만화에 나오는 캐릭터처럼 탐스러운 갈색 머리카락이 허리까지 내려오고 눈이 얼굴의 반을 차지하는 듯한 착시현상을 불러일으키는 선배였다. 성격도 어찌나 좋은지 손과 발이 한꺼번에 앞으로 나가며 헤매기만 하는 나를 참을성 있게 이끌어 주었다. 그러나 사흘이 지나자 그 참을성도 바닥이 났나 보다. 나흘째 되던 날, 부단장 선배는 어색한 미소를 지으며 "맨 뒤에 서서 잘 따라해."라고 말하고 도망치듯 앞줄로 가 버렸으니까.

거울을 보지 않아도, 내 동작이 얼마나 어설플지 상상할 수 있었다. 그 와중에도 퀸의 'Don't stop me now'는 너무나 신이 났고, 신이 나서 더욱 슬펐다. 박력 있는 군무를 맨 뒤 왼쪽 구석 자리에서 지켜보며, 팔다리를 한 박자 늦게 흐느적대며, 이대로 시간이 멈춰 차원 사이의 어딘가로 빨려 들어가기만을 간절히 바랐다.

드디어 운동회 날이 오고야 말았다.

잠실학생체육관 화장실에서 미리 나눠 준 응원복으로 갈아입고 거울을 봤다. 연두색 크롭탑의 소매 끝과 밑단에는 색색의 구슬이 달려 있었고, 하얀 응원 치마는 반바지를 입지 않으면 속옷이 훤히 보일 정도였다. 나는 치어리더가 되고 싶다는 환상 따위는 1도 없었으므로 우울하기 그지없는 마음으로 반짝이는 응원 수술을 흔들며 운동장으로 나갔다.

넓디넓은 운동장에는 청군과 백군으로 나누어진 학

생들이 줄을 맞춰 서 있었다. 나는 청군이었으므로, 청군 응원단의 맨 뒷줄 왼쪽 구석 자리에 가서 섰다.

"자, 시작하자! 파이팅!"

언제나 콜라 광고에서 막 튀어나온 듯한 미소를 짓는 응원단장 오빠가 외쳤고, 퀸의 노래가 울려 퍼졌다. 나는 두근거리는 마음으로 준비 자세를 잡았다. 사람들의 시야에서 벗어난 사각지대라 그나마 마음이 편했다. 하지만 그것도 잠시, "어허, 1학년이 앞에 가서 서야지." 하는 소리가 들렸다. 체육 선생이었다.

"아, 아닌데요. 전 뒤에 있을 건데요."

내 말을 못 들었는지 못 들은 척하는 건지, 체육 선생은 허허 웃으며 내 등을 떠밀어 맨 앞줄에 세웠다. 아아, 한 달 전으로 돌아갈 수만 있다면 죽어도 응원단은 못 한다고 버텼을 텐데. 하지만 후회해도 소용없는 일이었다. 나는 응원단장을 따라 열심히 팔다리를 휘둘렀다. 절도 있는 동작까지는 바라지도 않으니 틀리지만 말자는 각오로 연습할 때보다 백배 더 집중력을 발휘했다. 그런데 얼마 지나지 않아 맨 앞줄에 서 있던 2학년 선배들의 얼굴이 일그러지기 시작했다.

"야, 쟤 뭐냐."

"커트 머리?"

"어, 쟤 따라 하다 나까지 틀렸네."

"그러게. 쟤 응원단 맞아?"

앞줄에 있던 언니들이 들으라는 듯 크게 말했다. 내게로 쏠리는 허연 눈들은 덤이었다. 그 말을 듣고 나니, 가뜩이나 얼어 있던 팔이 고장 난 듯 올라가지도 않았다. '기가 죽는다'라는 게 어떤 기분인지 태어나서 처음으로 절감했다. 그리고 결단을 내렸다. 사람들에게 민폐는 끼치지 말자. 계속 꼭두각시처럼 서서 망신을 당하기도 싫었다.

에라, 모르겠다.

나는 무리에서 도망쳤다. 뒤도 돌아보지 않고 달렸으니 선배들의 표정이 얼마나 황당했을지 알 수 없다.

한참을 달려 시무룩한 기분으로 나무 밑에 주저앉았다. 운동장에서는 축구 경기가 한창이고, 5월의 햇살은 눈부신데 오직 나 혼자만 불행의 그늘에 싸여 있었다. 무릎을 끌어안고 앉아 그 위에 턱을 올리고 애꿎은 잔디를 쥐어뜯으며 궁상을 떠는 중이었다.

"여기서 뭐 해?"

갑작스럽게 날아든 목소리에 고개를 들었다. 응원복을 입은 남자가 서 있었다. 나는 선배인 줄 알고 벌떡 일어나 인사했다.

"안녕하세요?"

뭐라고 변명을 하지…. 그래, 다리를 삐었다고 하자!

"전 그러니까, 여기…."

"괜찮아. 나도 1학년이야."

남자, 아니 남자애가 웃으며 손을 들어 보였다. (1학년 인 주제에 그렇게 심각한 얼굴 하고 있지 말라고!) 오른손에 석 고 깁스를 하고 있었다.

"자전거 타다가 넘어졌어. 치어리더도 못하게 됐고."

남자애가 어깨를 으쓱하며 말했다. 나중에 알게 되었 지만, 그 애가 다치는 바람에 내가 급하게 빈자리를 채우 게 된 것이었다.

"아, 나는…."

"알아, 너 하는 거 다 봤어."

남자애가 씨익 웃으며 말했다. 이제는 쪽팔릴 것도 없 었다. 나는 흐흐흐, 웃어 버렸다. 그리고 그 애와 나무 그 늘 밑에서 얘기를 나눴다. 체육 대회가 끝날 때까지, 둘 이서만.

내 첫사랑의 시작이었다.

'치어리더 실격'이라는 공통분모 덕이었을까. 우리는 금세 친해졌다. 집도 같은 방향이라 학교가 끝나면 함께 걸어가곤 했다. 그 애의 집이 학교에서 더 가까웠지만 항 상 우리 집까지 바래다주고 돌아갔다. 남자 친구를 사긴 다는 자각은 없었다. 다만 그 애와 이야기하고 걷는 시간 이 즐겁고 설레었다.

6월 하순의 어느 날이었다. 그 애가 아이스크림 먹을 래, 하던 것처럼 자연스럽게 우리 집에 놀러 갈래, 하고 말했다. 나는 좀 덜떨어졌다 싶을 정도로 순진했으므로 아무런 심적 저항감이나 경계심 없이 그러자고 했다. 그 애는 조용한 주택가의 이층집에 살고 있었다. 그런데 집에 아무도 없었다. 당연히 엄마가 계실 줄 알았는데! 그제야 약간의 경계심이 생겼지만 그렇다고 그 애가 무서워서 돌아 나올 정도는 아니었다. 그 애도 어색했는지 장식장 위의 액자들을 가리키며 이건 시드니에 갔을 때 찍은 사진이라며 여행 당시의 에피소드를 늘어놓았다. 나는 의미 없는 감탄사를 내뱉으며 오페라 하우스를 배경으로 한 합성 사진 같은 그 애의 어릴 적 모습을 보았다.

"내 방으로 가자."

신이 난 듯 앞장서는 그 애를 따라가던 나는 약간 열린 방문 앞에서 멈춰 섰다.

"아, 거긴 아버지 서재야. 내 방은 이쪽인데."

그 애가 나를 보며 고개를 옆으로 까딱했다. 하지만 나는 서재 앞에 선 채로 움직일 수 없었다. 서재의 책상 위에 있는 두개골과 책장 앞에 서 있는 인체 모형 때문이었다. (그 애의 아버지는 외과 의사였다.) 지금도 그렇지만 나는 그때도 실험실의 인체 모형을 과하다 싶을 정도로 좋아했다.

"나, 서재 구경해도 돼?"

"그, 그래."

그 애가 떨떠름한 표정으로 대답했다. 나는 벼룩처럼

재빨리 그 애 아버지의 서재로 튀어 들어갔다. 그 애는 들어오지 않고 문 앞에 떡 버티고 서서 나를 쳐다봤다. 그게 빨리 나오라는 신호인 줄 알면서도 모른 척하고 내가 좋아하는 인체 모형에 다가갔다.

"이거, 좀 만져 봐도 될까?"

"응? 응."

그 애가 대답하기도 전에 나는 벌써 인체 모형에서 간을 빼내어 손에 들고 있었다. 딱딱한 플라스틱의 촉감과 적당한 무게감이 어찌나 사랑스러운지! 학교에 있는 인체 모형보다 훨씬 비싸고 고급스러운 물건이란 걸 알 수 있었다.

얼마나 시간이 흘렀을까. 나는 지칠 줄 모르고 그 애 아버지의 책상 위에 늘어놓은 모형 장기들과 두개골과 두개골 안에 들어 있던 분홍색 뇌를 신기하게 바라봤다.

"너 이런 거 좋아해?"

기다리다 지친 얼굴로 그 애가 물었다. 그 애는 이제 문 앞에 쪼그리고 앉아 있었다.

"엄청 좋아해."

"의사 되고 싶어?"

"글쎄."

"내 방에 갈까?"

이미 김이 빠졌다는 표정으로 묻는 그 애의 얼굴을 보

며 바나나 껍질처럼 피부가 벗겨지고, 그 아래 빨간 근육이 드러나고, 근육 아래 하얀 뼈가 드러나는 상상을 했다. 그러고는 혼자 낄낄거리며 웃었다.

"아, 아니다. 시간 좀 봐. 집에 가야겠네."

그 애는 뜨악한 얼굴로 손목시계를 들여다보며 말했다. 나는 밤새도록 인체 모형을 쓰다듬고, 책장의 인체 해부학 책을 들여다봐도 질리지 않을 것 같았지만 알았다며 서재에서 나와 그 애에게 작별 인사를 했다.

"잘 가."

평소에는 꼬박꼬박 우리 집에 바래다주던 그 애가 웬일인지 현관에 서서 손을 흔들었다.

얼마 후, 여름방학이 되었다. 그 애와 나는 자연스레 멀어져 방학이 끝난 이후에는 복도에서 마주쳐도 인사를 하는 둥 마는 둥 하는 사이가 되었다. 그 애의 집에 놀러 간 내가 인체 모형에 탐닉하던 날, 내 첫사랑이 끝났다는 것은 그 후로도 아주 오랜 시간이 흐른 뒤에야 깨닫게 되었다.

주마등은 없다?

나는 바다를 좋아한다, 아니 사랑한다. 산이냐 바다냐 하면 무조건 바다다. 그리고 내가 사랑하는 바다에서 죽을 뻔했다.

대학 1학년 여름방학 때의 일이다. 가족들과 함께 동해 바다에 놀러 갔다. 초등학교 때까지는 매년 여름방학이면 바닷가에서 살다시피 했는데, 중고등학교 때는 부모님 일도 바쁘고 나도 공부하느라 멀리, 오랫동안 놀러 갈 수가 없었다. 무려 6년 만의 바닷가라니, 너무 신이 났다. 바닷가에 가까워지고, 바람에 실려 오는 바다 냄새만 맡아도 기분이 좋았다. 바다야, 기다려라. 내가 간다. 나는 바다와 회포 풀 준비가 단단히 되어 있었다.

첫날은 저녁 늦게 도착해 숙소에서 쉬고, 다음 날 아침 눈 뜨자마자 씻지도 않고 선크림만 바른 채 엄마와 함께 바닷가로 갔다. 아빠와 오빠는 낚시를 갔던 걸로 기억한다.

태양이 강렬하게 내리쬐는, 물놀이하기에 완벽한 날

씌였다. 나는 원피스 아래 수영복을 입고 있었으므로 탈의실에 가지 않고 원피스만 벗었다. 오랜만에 제대로 수영을 해 보겠다는 기대감으로 설레며 스트레칭을 했다. 엄마 아빠와 함께 온 아이들, 매일 바닷가에 오는 듯 까맣게 탄 청년들, 서로의 몸에 선크림을 발라 주는 커플들…. 하나같이 즐거운 표정을 하고 있었다.

엄마와 나는 바다에서 가까운 곳에 있는 파라솔을 빌렸다. 나는 파라솔에서 30도 각도, 25미터 전방에 있는 작은 바위섬을 목표로 잡았다. 그 섬을 목표로 왕복 수영을 할 작정이었다. 동해의 해수욕장은 수심이 갑자기 깊어진다. 무릎까지 오던 물이 단 한 걸음 차이로 가슴까지 올라오는 식이다. 그곳 역시 마찬가지였다. 10미터 정도 헤엄쳐 가면 발이 바닥에 닿지 않았다. 하지만 걱정할 필요는 없었다. 나는 모든 운동에 소질이 없지만 수영만은 자신이 있었다.

바위섬까지 서너 번 쉬지 않고 왔다 갔다 했더니 금세 체력이 고갈되었다. 그만 쉬어야겠다고 생각하면서도 한 번만 더 갔다 오자고 욕심을 부렸다. 그런데 섬을 5미터 정도 남기고 몸에 힘이 빠졌다. 쥐가 난 것도 아니고, 거짓말처럼 몸 안의 힘이 다 빠져나가 하나도 남지 않은 느낌이었다. 버둥댈 힘도 없었다. 제자리에서 꼼짝할 수 없었다. 아니, 몇 번쯤 오르락내리락한 것 같기는 했다.

그러고는 물속으로 서서히 가라앉았다. 대낮인데도 물속은 어두웠다. 완전한 어둠이었다. 이상하게도 무섭다는 생각은 들지 않았다. 그저 이렇게 죽는구나, 하고 생각했다. 슬프거나 서럽지도 않고 마음이 편안했다. 주마등도 없었다. 나는 저항하지 않고 어둠과 고요에 몸을 맡겼다.

폐에 남은 마지막 숨 방울을 뱉었을 때였다. 나는 강한 힘에 떠밀려 물 위로 올라왔다. 주변에서 수영하던 청년이었다. 청년은 나를 구해 바닷가에 데려다주었다.

"감사합니다."

물도 먹지 않고 정신도 말짱했던 나는 기어들어 가는 목소리로 인사했다.

나름의 사건이 일어나는 동안, 엄마는 매점에 갔었다. 나는 죽을 뻔한 경험을 열심히 말했지만, 내 호들갑에 익숙한 엄마는 놀라지도 않고 "그 청년 누구야?"라고 물었다. 내가 청년을 가리키자 엄마는 우리 딸을 구해 줘서 고맙다며 수박 한 통을 주었다. 그게 끝이었다. 아무 일도 일어나지 않았다. 영화나 소설에서라면 바닷가의 청년과 멋진 로맨스가 시작되는 지점일 텐데!

아, 죽을 고비를 넘긴 것치고 너무 싱거운 마무리였다. 가장 아쉬웠던 건 주마등을 보지 못한 것이다. 주마등은 없을까? 아니면 내가 죽을 때가 아니어서 보지 못했던 것일까?

덧붙이는 말　 이 에피소드를 쓰고 다시 검토하면서 이상한 부분을 깨달았다. 발이 닿지 않기는 했지만 그렇게 얕은 수심에서 대낮에 완전한 어둠이라니 말이 안 된다. 편안하게 느껴진 어둠은 나를 죽음으로 이끄는 무언가였을지도 모른다고 생각하니 등골이 오싹하다.

나는 과일을 좋아하지만 있으면 먹고 없으면 안 먹는다. 하지만 복숭아는 다르다. 제철이 되면 꼭 찾아 먹는다. 겨울에는 통조림이라도 먹는다.

어릴 때 나는 책을 딱 과일만큼 좋아했다. 있으면 보고 없으면 안 봤다. 책을 안 봐도 혼자 상상을 하느라 심심할 틈이 없었다. 하지만 책 중에서도 복숭아 같은 존재가 있었으니, 그것은 바로 『괴수 대백과』였다. 괴수 대백과는 여러 권의 시리즈로 출간된 문고본 크기의 얇은 책으로 한 권에 여러 종류의 괴수들이 소개되어 있었다. 그러나 소중한 것들이 으레 그렇듯 『괴수 대백과』는 세월의 흐름과 함께 사라지고 말았다. 지금도 가끔 생각날 때면 헌책이라도 구할 수 있지 않을까 검색해 보곤 하지만, 검색 결과는 언제나 내 기억과 다른 책이 나온다. 안타까운 일이다.

수많은 괴수 중에서 내 사랑을 독차지한 괴수는 '히드라'였다. 마블 코믹스의 히드라(혹은 하이드라)와는 전혀 관계가 없다. 그리스 신화에 등장하는 머리 셋 달린 파충류와도 전혀 다른 존재다. 내가 좋아하는 히드라는 올챙이처럼 생긴 유체들이 모여 거대한 성체를 이루는 괴수다. 오염된 하수구에서 자라며, 상대와 맞서 싸울 때는 몸에 붙어 있던 올챙이들이 툭툭 튀어나가 상대에게 들러붙어 공격한다.

흑백 사진, 아니 그림으로 본 히드라는 물에 불은 대걸레처럼 생겼다. 이 사회의 잣대로 보면 결코 아름다운 모습은 아니다. 그런데 나는 꽤 멋진 모습의 괴수들이 있었음에도 히드라를 가장 좋아했다. 지금도 문득문득 히드라를 찾기 위해 열심히 검색한다. (히드라가 수록된 『괴수 대백과』를 소장하고 계신 분은 저에게 메일 주시기 바랍니다. 후사하겠습니다.)

히드라가 내 유년 시절, 새끼고양이가 할퀸 흔적처럼 짧고 강렬한 인상을 남기고 떠났다면 내 인생을 송두리째 흔든 존재는 단연코 에일리언이다. 갑충처럼 윤기가 흐르는 단단한 피부와 근육질의 팔등신 몸매는 얼마나 섹시한지! 물론 끈적거리는 침을 질질 흘리는 건 마음에 들지 않았지만 누구나 완벽할 수는 없는 법이니까.

나는 에일리언을 보며 첫눈에 반한다는 말을 실감했다. 외계인이 나오는 영화는 수없이 봤지만 지금까지도 가장 뛰어난 외모의 소유자는 에일리언이라고 생각한다. (H. R. 기거, 감사해요.) 에일리언에 맞서는 프레데터가 있긴 했지만 프레데터는 오직 눈에 보이지 않을 때만 멋졌다. 유령처럼 투명한 형체로 사람들을 잡아갈 때는 섬뜩했는데, 모습을 드러내고 나니 봉산탈춤에 나오는 사자탈에 레게 머리를 붙인 것 같아 우스꽝스러웠다. E.T.는 너무 착해서 매력 없고, 고질라는 미련하게 크기만 하고, 모스맨의 날개에서는 비늘 가루가 떨어질 것 같아서 싫고, 나는 에일리언만을 바라보며 굳은 사랑을 지켜왔다.

그런데 이게 웬일인가.

에일리언에 대한 한결같은 사랑이 흔들리기 시작했다. 10여 년 전, 남아프리카 공화국 상공에 프로운이 불시착하면서부터였다. 프로운(prawn: 왕새우)이라는 별명처럼 몸이 갑각으로 덮이고 입에 촉수가 잔뜩 달린 외계 생명체가 내 마음을 앗아간 것이다. 나는 종종 <디스트릭트 9>에서 프로운을 만났다. 고백하자면 양다리를 걸친 것이다. 하지만 어쩌겠나. 나는 너무 많은 사랑을 가진 사람인 것을. 그리고 그 많은 사랑을 확인하게 되는 일이 8년 후 다시 일어났다.

헵타포드라는 이름을 가진 외계인이었다. 테드 창의 단편소설 「네 인생의 이야기」가 원작인 <컨택트>(원제는 <Arrival>)라는 영화에 등장한 주꾸미를 닮은 외계인이다. 헵타포드의 생김새는 내 첫사랑인 히드라와 무척 비숫하다. 무심코 길을 걷다가 첫사랑과 비슷한 사람이 지나가면, 아니 첫사랑이 쓰던 향수 냄새만 맡아도 저절로 고개가 돌아간 경험은 누구나 갖고 있을 것이다. 그리고 뒤따라오는 아릿한 기억들.

스크린에서 헵타포드를 본 순간, 내 심장은 쿵 내려앉았다. 게다가 성격도 히드라처럼 포악하지 않고, 세심하고 배려심 깊으며 희생적이었다. 그뿐만이 아니었다. 자신들의 언어가 있는 문명화된 종족이었다. 마치 첫사랑이 업그레이드되어 나타난 기분이랄까.

이제는 양다리도 모자라 어장 관리까지 하느냐고 묻는다면 그건 아니다. 나는 주인공과 조연을 확실히 구분할 줄 아는 사람이니까.

어느 날, 에일리언과 프로운과 헵타포드가 내 앞에 나타나 "변명은 필요 없고, 우리 중 한 명만 선택해."라고 진지한 얼굴로 말한다면 나는 0.01초의 망설임도 없이 에일리언을 고를 것이다. 많은 사랑 중에서도 더 큰 사랑은 있는 법이다.

발목 인대와 바꾼 영화

2004년 11월, 나는 기쁜 마음으로 영화 <나비효과>를 보러 갔다. 시간 여행물을 좋아하는 나로서는 무척 기대했던 영화였다. 그런데 주말 나들이가 원래 그렇듯 영화관까지 가는 도중 차가 밀리고, 그날따라 팝콘을 사려는 줄은 쉽사리 줄어들지 않고, 갑자기 화장실에 가고 싶어지고, 이렇듯 사소하지만 예상치 못했던(사실은 예상했지만 게으름 때문에 늦어진) 상황들이 발생하는 바람에 영화가 시작하고 나서야 상영관에 들어갔다.

광고와 예고편도 끝나고 극장 안은 완전한 암흑. 우리가 예매한 자리는 맨 앞자리. 친구는 조심스레 앞장서 가고, 그 뒤를 따라가던 나는 한 장면이라도 놓치고 싶지 않은 욕심에 스크린을 보며 계단을 내려가다… 발을 헛디뎠다. 왼쪽 발목이 직각으로 꺾이며 벼락이라도 맞은 듯 찌릿하고 화끈한 느낌이 들었다. 으윽, 비명이 새어 나오는 입을 간신히 틀어막고 자리로 가서 앉았다. 다친 다리를 쭉 펼 수 있으니, 게으름을 부리다 맨 앞자리를 예약한 게 다행이었다.

적당한 고어, 암울한 분위기, <나비효과>는 딱 내 취향이었다. 발목이 너무 아파 눈물이 질금질금 나오는데도 스크린에서 눈을 뗄 수 없었다. 인대가 끊어진 것 같다고 생각하면서도 영화 보는 걸 중단하고 병원에 갈 생각은 조금도 없었다. 쏘는 듯한 아픔도 점점 무뎌져 얼얼한 느낌으로 바뀌었다.

영화 끝나고 가면 되겠지. 이 정도는 견딜 수 있어.

그러나 그건 내 희망이었을 뿐, 영화가 끝나고 상영관에 불이 들어왔을 때 친구와 나는 보라색으로 물든 발목을 보고 기겁했다. 단단히 고장 난 발목은 두 시간 동안거의 두 배로 퉁퉁 부어올라 있었다. 나는 친구의 부축을 받아 극장에서 가장 가까운 병원 응급실로 갔다.

"어떻게 하다 다쳤어요?"

잔뜩 부어오른 내 다리를 보며 의사가 물었다.

"두 시간 전에 영화 보러 들어가다가 계단에서 헛디뎌서 삐었어요. 발목이 90도 각도로 완전히 꺾어졌어요."

"두 시간 전이요? 근데 왜 지금 왔어요?"

"영화 보고 오느라고요."

순간 진료실 안이 일시 정지된 화면처럼 멈췄다. 나를진찰하던 의사, 그 옆에 있던 간호사, 너나 할 것 없이 황당하다는 얼굴로 입을 딱 벌렸다. 정지된 채 몇 초가 지나고, 의사가 설레설레 고개를 흔들었다.

"다치자마자 왔어야지. 두 시간이나 지나는 바람에 상

태가 더 나빠졌잖아요."

그 말을 듣고도 후회는 하지 않았다. 아니, 솔직히 말하면 좀 뿌듯했다. 심각한 부상을 견뎌내며 좋아하는 영화를 끝까지 본 내가 대견했다.

"인대가 많이 늘어났어요. 차라리 끊어졌으면 좋았을 텐데."

엑스레이 화면을 보며 의사가 무서운 말을 했다.

"네?"

"인대란 게 엿가락 같아서 한 번 늘어나면 다시는 원상복귀가 안 되거든요. 차라리 끊어졌으면 수술로 이어 붙이면 되는데…"

"그럼 끊어 버리고 수술하면 안 될까요?"

의사가 또 어이없다는 표정을 지었다.

그 후로 나는 늘어난 인대를 갖고 살아가게 되었다. 요즘도 비가 오거나 무리해서 산에 올라가거나 하면 왼쪽 발목이 아프다. 그래도 난 그날의 선택을 후회하지 않는다. Non, je ne regrette rien.

단 한 번의 가위눌림

나는 남들 다 본다는 귀신을 단 한 번도 보지 못했다. 심지어 귀신 잘 보는 친구랑 드라이브하다가 친구가 갓길에 차를 세우고는 "저기 있잖아. 저기 나무 아래 서 있는 거 안 보여?"라며 심령 스폿을 콕 집어 주었는데도 내 눈에는 아무것도 보이지 않았다. 귀신을 만난다면 밤을 새워 사연을 들어줄 자신이 있는데, 아무래도 나랑 주파수가 맞지 않나 보다. 혹자는 기가 센 사람에게는 귀신이 보이지 않는다던데 '기 측정 테스트' 같은 건 없으니 내 기가 센지 약한지는 알 수 없다.

어쨌거나 나는 대학교 때 수련회를 가서도 남들이 해주는 귀신 이야기나 가위눌림 경험담을 들으며 대리만족을 해야 했다. 그중에서 지금까지 기억에 남는 이야기를 소개해 보겠다.

체험담 1. 나보다 한 학번 위 선배의 이야기다. 그 선배는 원래 귀신도 잘 보고 가위도 잘 눌리는 체질이라고 했다. 그래서 웬만한 심령 현상에는 면역이 되었는데 대학교 1

학년 때의 가위눌림만큼은 잊을 수 없다고 했다. 선배는 집이 부산이라 기숙사에서 지냈다. 기숙사에는 책상 두 개와 이층 침대가 있었는데, 룸메이트의 잠버릇이 고약했으므로 자다가 떨어질까 봐 선배가 위에서 잤다. 당연히 침대와 천장의 거리는 가까웠다. 그런데 1학기 중간고사를 앞두고 가위에 눌리기 시작했다. 가위에 눌리면 천장에서 얼굴이 온통 피범벅인 귀신이 자기를 내려다봤다. 눈을 감으려 해도 감을 수 없었다. 겁에 질린 채 어떻게든 가위를 풀기 위해 검지에 힘을 모아 까딱, 움직이는 순간 귀신은 사라졌다. 그러나 다음 날 새벽이 되면 어김없이 다시 나타났다. 선배는 잠을 설쳤고 중간고사도 망쳤다.

시험이 끝나는 날, 술을 먹고 와서 자다가 또 가위에 눌렸다. 신기하게도 천장에 얼굴이 없었다. 선배는 다행이라고 생각하며 침대에서 내려가 물을 마셔야겠다고 생각했다. 그런데 고개를 돌린 순간, 침대 머리맡에 서서 자기를 빤히 쳐다보고 있는 귀신의 얼굴과 마주쳤다. 다리가 긴 건지, 허공에 떠 있는 건지는 확인하지 못했다. 그 일을 겪고 나서 선배는 기숙사를 나왔다.

체험담 2. 나보다 한 학번 아래 후배의 이야기다. 후배는 고3 시절, 몸도 마음도 허약해진 탓에 가위에 자주 눌렸다. 처음에는 가위라고 인정하기 싫어서 단순한 악몽으로 여겼다. 그런데 날이 갈수록 몸도 아프고, 흐릿했던 귀신의 형상도 점점 뚜렷해졌다. 볼이 움푹 꺼진, 마른 체형의 중년 남자였다. 그 남자는 밤새 후배 곁에서 어느 나라 말인지 알아들을 수 없는 말을 속삭였다. 후배는 가위에서 풀려나기 위해 검지 끝에 온 힘을 모아 간신히 구부렸다. 가위에서 풀리고 나면 등에 식은땀이 흥건해 이불이 젖을 정도였다. 나날이 살이 빠졌고 이러다 죽을 수도 있겠다는 생각이 든 후배는 엄마에게 가위눌림에 대해 털어놓았다. 엄마는 왜 빨리 말하지 않았냐며 한 방에서 같이 자자고 했다.

그날 밤 후배는 엄마 곁에서 마음 편히 잠들었다. 그리고 새벽녘에 잠이 깼다. 아니, 가위에 눌렸다. 엄마가 옆에 있는데도. 어김없이 들리는 남자의 목소리. 이번에는 알아들을 수 없는 말이 아니라, 귓가에서 속삭이는 듯 선명하게 들려오는 목소리였다.

"엄마 옆에서 자면 못 찾아올 줄 알았어?"

소름이 끼치면서도 마냥 신기한 이야기였다. 그 후에도 나는 가위눌림과는 거리가 먼 삶을 살았다. 2005년 여름까지는 그랬다.

그해 여름, 나는 회사 일과 개인적인 일이 겹쳐 극심한 스트레스에 시달리고 있었다. 머릿속이 생각으로 가득 차는 바람에 피곤해 죽겠는데도 잠은 오지 않고 한참을 침대에서 뒤척거리다가 선잠을 잤다. 깨어 있을 때도 개운하지 않고, 잠을 자도 악몽에 시달렸다. 그러던 어느 날, 그것이 드디어 찾아왔다. 방 한구석에 나타난 그것은 고스트버스터즈에 나오는 마시멜로맨처럼 거대하고 둥 그스름한 회색 덩어리였다. 저게 뭐야 하고 생각한 순간 꼼짝도 할 수 없었다. 호흡이 빨라지고 가슴이 마구 두근 거렸다. 무섭다는 생각보다 흥분이 앞섰다. 오, 드디어 나도 가위에 눌리는구나!

잔뜩 기대에 찬 마음으로 그것을 기다렸다. 그것은 커 다란 몸집이 버거운 듯 엉금엉금 걸어오더니 반듯이 자 는 내 위로 올라와 무릎을 꿇고 엎드렸다. 갈비뼈에 제법 무게감이 느껴졌다. 그래, 어서, 어서 뭐라고 말을 해 봐. 아니면 피 흘리는 얼굴을 드러내도 좋고.

몸속에서 아드레날린이 분비되는 게 느껴졌다. 가위 눌렸다는 사실이 그렇게 기쁠 수가 없었다. 나도 드디어 검지 신공을 발휘할 때가 왔구나. 영화에 나오는 주인공 처럼 검지에 정신을 집중하고 손가락을 움직이려는데, 웬걸, 녀석의 몸에서 힘이 빠지는 게 느껴졌다. 거대했던 몸이 홀쭉하게 쪼그라들고 있었다.

뭐야? 안 돼. 좀 더, 좀 더!

마음속으로 다급하게 외쳐도 소용없었다. 녀석은 몸 을 일으키더니 시무룩한 등을 내보이며 벽의 모퉁이로 사라지고 말았다.

짧은 가위에서 풀려난 나는, 침대에 멍하니 앉아 나의 경솔함을 탓했다. 원래 귀신은 상대방의 약한 곳을 노리는 법. 무섭지 않으면 무서워하는 척이라도 했어야 조금 더 길게 가위를 경험할 수 있었을 텐데. 내게 찾아왔던 회색 덩어리는 집으로 돌아가는 길에 "이 인간 뭐야. 오늘은 운수가 나빴어. 타겟을 잘 못 잡다니 나답지 않은 실수야."라고 중얼거리지 않았을까.

그 이후에도 나는 가위에 눌린 적이 없다. 앞으로 인생에 어떤 일이 있을지 몰라도 지금까지는 그것이 내 인생에 일어난 단 한 번의 가위눌림이었다.

2장.

왜 죽이는 이야기를 쓰세요?

호러 작가의 삶과 생각

귀신을 믿나요?

호러 소설을 쓰다 보면 사람들에게 듣는 단골 질문이 있다. 바로 "귀신을 믿나요?"라는 질문이다. 나는 유물론자라서 내 눈으로 직접 본 것만 믿는다. 가위에 눌린 적도 있고, 분신사바를 혼자 했을 때 기이한 경험을 하기도 했지만 귀신을 '본' 적은 없다. 그리고 가위눌림과 분신사바에 대해서는 나름대로 과학적인 근거를 찾았기 때문에 그쪽을 더 신봉하는 편이다.

　의학계에서는 가위눌림을 수면 마비라고 하는 일종의 수면 장애로 본다. 꿈을 꾸는 렘수면 단계에서 흔히 일어나며 잠자는 동안 이완됐던 근육이 회복되지 않은 상태에서 의식만 깨어나 몸을 못 움직이게 된다는 것이다. 분신사바는 과학적으로 밝혀지진 않았으나 일부 심리학에서는 자기암시에 의한 무의식적 행위라고 설명한다. 팔근육의 미세한 움직임과 심리적인 부분 때문에 연필이 움직인다는 것이다. 최면이 걸리는 원리와 비슷하다고 보면 된다. 그러므로 귀신을 믿느냐는 질문에 대한 내 답은 "아니오."다. 나는 귀신을 믿지 않는다.

그런데 믿지 않는다고 해서 없다고 단정하기는 어렵다. 이것도 맞고 저것도 맞다는 양시론적 입장을 취하려는 건 아니다. 그럼 왜? 나는 외계인이 있다고 생각하기 때문이다. "이 넓은 우주에 지구에만 생명체가 존재한다면 엄청난 공간 낭비"라고 말한 칼 세이건의 말에 전적으로 동감한다. 그렇지만 나는 외계인을 본 적도 없다. 그러므로 외계인을 믿는다면 귀신의 존재도 믿는 게 공평타당하다. 세상에는 분명 과학으로 설명하기 어려운 초현실적인 일들이 일어나니까.

그런데도 귀신을 믿느냐고 묻는다면 여전히 믿지 않는다는 대답이 나온다. 그건 아마 귀신이 사후 세계의 영역에 속하기 때문인 것 같다. 외계인은 살아 있다. 우주 어딘가에서 인류보다 발전된 혹은 원시적인 모습으로 '살아가고' 있는 것이다. 반면 귀신은 죽은 존재다. 귀신의 존재를 인정하는 순간 사후 세계가 존재한다는 것도 인정해야 한다. 사후 세계를 인정하는 순간, 일은 좀 더 복잡해진다. 그렇다면 모든 인간은 죽어서 귀신이 되는가? 아니면 영화나 애니메이션에서 그려지는 것처럼 이승에 미련이 있는 영혼만 남아서 귀신이 되는가? 귀신이 있다면 권선징악의 세상이 되어야 하지 않을까? 나쁜 놈들이 오래 사는 걸 보면 귀신이 있어도 현실 세계에 영향을 미치지 못한다는 건데, 그렇다면 존재 여부를 논할 필요조차 없게 되는 게 아닐까? 이런 질문이 끝도 없이 이어지고, 나는 귀신을 만나 이야기를 나누지 않는 이상 이 질문에 대한 답을 결코 알 수 없을 테니 귀신을 믿지 않게 되는 것이다.

그럼에도 불구하고 귀신이 진짜 있다고 가정해 보자.

귀신이 어느 날 내 앞에 나타나 피 흘리는 입가를 손등으로 닦으며 "너 나를 만나고 싶다고 했지?"라고 한다면 아무래도 조금 무서울 것 같기는 하다. 그렇다고 해도 『장화홍련전』의 원님들처럼 심장마비로 죽을 정도로 심약하지는 않은 것 같고, "그래요. 갑작스럽긴 하지만 무슨 이유로 그렇게 됐는지 사연을 들어봅시다."라고 할 것 같다. 우리나라의 귀신들은 인성이 좋아서 자신의 원한을 풀어 주면 '고맙다'는 인사를 하며 빛에 감싸인 아름다운 모습으로 하늘로 올라가지 않던가. 머리를 풀어헤치고 피를 뚝뚝 흘리던 귀신이 해사한 모습으로 변신해 내게 감사를 전한다면 정말 뿌듯할 것이다. 하지만 이건 상식적인 귀신일 때 얘기고, <링>이나 <주온>에 나오는 귀신처럼 밑도 끝도 없이 무차별적으로 저주를 퍼붓는 쪽이라면 좀 곤란하다.

그렇다면 은혜를 아는 귀신인지 아닌지 구분하는 것이 관건인데, 평소에도 사람 보는 눈이 없는 내가 과연 귀신 보는 눈은 있을까? 애당초 착한 귀신이건 나쁜 귀신이건 안 보이는 척 외면하는 게 답일까? 그래도 모처럼 만난 귀신을 그냥 보내기는 아쉬우니 한국말로 욕을 하면 어떨까? 욕에 반응을 보이면 한국 귀신이니 대화를 해도 되지 않을까?

기본적으로는 귀신이 없다고 생각한다면서 이런 고민을 진지하게 하는 걸 보면, 어쩌면 나는 귀신이 정말 있을까 봐 무서워서 없다고 믿고 싶은 건지도 모르겠다.

덧붙이는 말 에세이 작업 막바지에 일어난 일이다. 부록의 초안을 쓰고 수정 작업을 하고 있을 때라 머릿속은 온갖 호러 영화와 소설과 무서운 이야기로 가득했다. 책상 앞에 앉아 자판을 치는 일에 지쳐 시계를 보니 11시 47분. 산책하기에는 좀 늦은 시간이었지만 11년 만이라는 9월 폭염에 밤바람을 쐬고 싶어 집을 나섰다. 평소처럼 헤드폰을 쓰고, 음악은 듣지 않았다. 여러 가지 생각으로 흥분한 뇌세포들이 잔잔한 클래식 음악조차 거부할 때가 있는데 그날이 그랬다. 나는 골목 모퉁이를 돌아 나가 큰길 맞은편에 있는 근린공원으로 갔다. 자정에 가까운 시간이었지만 배드민턴을 치는 커플이 있었다. 타악, 타악, 셔틀콕을 때리는 소리가 꽤 강해서 혹시라도 궤도를 벗어난 셔틀콕에 맞을까 봐 코트에서 가장 멀리 떨어진 달리기 트랙을 오갔다. 그런데 얼마 후에 검은 옷을 입은 남자가 오더니 배드민턴 코트 옆에서 통화를 하는 게 아닌가.

왕복 운동을 하던 나는 그 옆을 지나가다 통화 내용을 듣고 말았다.

"응. 지금 공원 나왔는데 여기 아무도 없어."

바로 옆에서 사람들이 배드민턴을 치고 있는데 아무도 없다니? 수화기를 통해 탁탁, 셔틀콕을 치는 소리가 들어갈 텐데 상대방이 무슨 소리냐고 묻지 않을까? 이상한 일이었지만 그때는 대수롭지 않게 여기고 넘어갔다.

20분 정도 지나자 빗방울이 떨어지기 시작했다. 서둘러 돌아오는데 집에서 한 블록 떨어진 건물 입구, 계단으로 이어진 어둠 속에 파란 옷을 입은 사람이 서 있었다. 담배를 피우는 것도 아니고, 핸드폰도 들고 있지도 않았다. 그 사람은 그저 허공을 응시하고 있었다. 아니, '그것'은 사람이 아닌 무엇이라고, 나는 직감했다. 그것의 시선이 내게로 향했다. 태연한 척 지나치려는데 으스스한 기운이 나를 에워쌌다. 공기에 무게가 실려 나를 짓눌렀다. 그쪽을 쳐다보지 않았는데도 그것이 웃고 있다는 걸 알 수 있었다. 입은 다문 채, 붉은 입꼬리가 귀에 걸릴 정도로. 그것의 앞을 지나가는 0.2초의 시간이 한없이 길게 느껴졌다. 옆얼굴에 새겨지듯 그것의 눈길이 느껴졌다. 왜곡된 시간 동안 마주 보고 싶다는 욕망, 미지로 남겨 놓고 싶지 않다는 욕망이 명치에서 꿈틀댔다. 그러나 욕망보다 더 크게 본능이 외치고 있었다. 안 돼! 돌아보지 마! 그것에게서 두세 걸음 정도 멀어졌을 때 이제는 돌아봐도 되지 않을까, 싶었지만 어쩔 수 없이 본능의 경고를 따랐다. 그것에게서 어떤 악의가 느껴졌기 때문이다. 어떤 것은 미지로 남겨 두어야 한다.

걸음의 속도를 일정하게 유지한 채 골목 모퉁이를 돌았다. 골목을 돌고 나서도 그것의 시선은 내 뒤에 ―정확히는 목덜미와 어깨를 짓누르듯―달라붙어 있었다. 부랴부랴 편의점에 들어가고 나서야 비로소 그 기척이 사라졌다. 한동안 멍했다. 편의점 주인의 어서 오세요, 소리를 듣고서야 정신을 차리고 딸기 아이스크림을 사서 나왔다. 시계를 보니 12시 33분. 이상하다. 비가 오기 시작했을 때가 12시 6분. 아니 16분이었나? 그렇다고 해도 근린공원에서 편의점까지는 5분도 채 걸리지 않는다. 20분이나 지났을 리가 없다. 만약 시간이 뒤틀린 거라면? 팔뚝에 자꾸 소름이 돋았다.

기이한 일을 털어내듯 샤워를 하고 시원한 아이스크림을 먹는데 뒤늦게 핸드폰 남자가 떠올랐다. 그는 왜 공원에 아무도 없다고 했을까? 나는 사각지대에 있어 보지 못했다고 하더라도 배드민턴 커플을 보지 못했다는 건 말이 안 된다. 그렇게나 가까이에서 요란하게 셔틀콕을 쳐대는데… 그 순간 기억의 잔상이 일그러졌다. 배드민턴을 치던 사람들이 정말 커플이었나? 초등학생으로 보이는 아이와 아빠가 아니었던가? 아니, 검은 체육복을 입은 고등학생들이었나? 툭, 나는 아이스크림 숟가락을 떨어뜨렸다. 어쩌면 거기엔 통화하던 남자 이외에 '인간'은 없었는지도 모른다. 핸드폰 남자조차 인간이 아닐 수도 있다. 귀신은 자기 얘기를 하는 사람에게 온다고 한다. 나는 올여름 에세이를 쓰느라 집중적으로 귀신 얘기를 했다. 괴담을 주제로 유튜버와 함께 동영상을 찍었고, 호러 강의도 하고 있었다. 그래서 결국 귀신을 보게 된 게 아닐까? 그날 자정의 근린공원 주변에 온도와 습도를 비롯한 여러 조건이 어우러져 귀신들이 오갈 수 있는 통로가 만들어졌다면? 만약 그렇다면 무섭긴 하지만 다음에 그들의 기척을 느꼈을 때—그것에게서 악의가 느껴지지 않는 한—고개를 돌려 슬쩍 눈을 맞춰봐야겠다. 당신이 거기 있는 걸 알아요, 말을 건네면서.

호러 작가들은 겁쟁이일까?

호러 작가들은 겁이 많다는 속설이 있다. 겁이 많은 개가 크게 짖는 것처럼—개에 비유해서 죄송합니다—무서운 게 많기 때문에 무서운 이야기를 쓴다는 것이다. 실제로 호러 작가 중에는 무서운 영화를 못 보는 사람이 많다. 호러 소설은 읽을 수 있지만, 호러 영화는 보지 못한다. 심지어 자기 소설을 쓰다가도 너무 무서워서 문서 파일을 닫고 바탕 화면에 깔아 놓은 귀여운 강아지 사진을 본다는 얘기도 들어봤다.

아니, 호러 소설은 읽을 수 있고, 호러 영화는 볼 수 없다고?

호러 영화를 웃으면서 보는 나로서는 그 차이가 뭔지 도저히 이해할 수 없었는데, 최근 모 편집자님으로부터 속 시원한 답을 듣게 되었다. 호러 소설은 읽으면서 머릿속에 이미지가 그려지긴 하지만 그 이미지가 지속해서 남지는 않는데, 호러 영화의 끔찍한 이미지들은 오랫동안 잔상으로 남기 때문에 괴롭다는 것이다. 그 이야기를 듣고 나니 끄덕끄덕, 이해가 되었다. 그리고 보니 나는 어떤 강연회에서 영상과 텍스트, 즉 호러 영화와 호러 소설의 차이가 무엇이냐고 생각하는 질문에 불과 물이라고 생각한다는 꽤 시적인(?) 답변을 한 적이 있다. 영상은 불과 같아서 보는 즉시 "앗, 뜨거워!" 하는 강한 인상을 남기지만 텍스트는 물과 같아서 은근히 스며들어 기분 나쁜 축축함이 오래 간다, 하고 말이다. 그때는 텍스트가 주는 공포를 강조하려고 했는데, 지금 돌이켜 보니 불이 남기는 흉터를 간과했던 것 같다.

그렇다면 나는 어떨까?

기본적으로는 겁이 없는 편이라고 생각한다. 나는 영화, 소설, 게임 등 호러 콘텐츠에서는 전혀 무서움을 느끼지 않는다. 남들은 무서워서 끝까지 보지도 못했다는 〈컨저링〉을, 나는 지루해서 중간에 자꾸 잠드는 바람에 끝까지 보지 못했다. 귀신의 집도 마찬가지다. 다른 친구들이 어깨를 잔뜩 웅크리고 조심조심 걸음을 옮길 때, 나는 알록달록 꽃이 만발한 비밀의 정원을 찾은 것 같은 기분으로 사뿐사뿐 걷는다. (오, 저 해골은 꽤 품질이 좋군!) 내가 귀신의 집에서 소리를 지르는 이유는 같이 들어간 친구들을 더 겁주기 위해서다. 공포 체험을 들을 때면 예의상 으으, 소름 끼쳐, 하며 팔뚝을 문지르는 리액션을 보이기도 한다. 주변 사람들의 어깨가 들썩하고 놀랄 만큼 큰 소리가 난다 해도 웬만해선 놀라지 않는다.

반면 나를 무섭게 하는 것들은 가상의 존재가 아니라 팬데믹이나 지진, 홍수와 같은 자연재해 혹은 연쇄 살인마처럼 더욱 실질적인 것들이다.

나는 이따금 지하철이 어두운 터널 한가운데서 멈춰 고립되거나, 다리 위를 건너던 차들이 외계에서 온 거대한 버블에 갇혀 오도 가도 못하는 상황을 상상한다. 그런 생각이 들 때면 손전등과 라이터, 잭나이프, 에너지바 등등을 채운 재난 가방을 메고 다니고 싶은 생각이 들지만, 실제로 재해가 발생할 확률은 아주 낮다고 스스로를 설득하며 생수와 사탕을 챙기는 정도로 타협한다. 라이터를 챙기는 일은 어렵지 않지만 배낭 속에서 라이터가 저절로 켜져 등에 불이 붙을지도 모른다는 생각이 든 다음부터는 갖고 다니지 않는다. 방 탈출도 해 보고 싶지만 잘못해서 벽 속의 좁은 공간에 갇혀 버리고, 설상가상 그날이 폐업일이라 영원히 벽 속에서 헤어나오지 못하는 사태가 벌어질까 봐 하지 못했다.

그러던 어느 날, 건물 2층에 있는 카페에서 친구들과 수다를 떠는데 소방 벨이 울리기 시작했다. 사람들은 어리둥절한 표정을 지으며 주변을 둘러봤다. 어디에서도 연기는 나지 않았다. 친구들도 별일 없을 거라며 여유를 부렸지만 나는 벌떡 일어나 비상계단이 어디 있는지 확인하고 어서 탈출하자고 했다. 그 사이 카페에서 안내 방송이 나왔다. "소방 벨이 고장 난 것으로 확인됐습니다.

고객 여러분께 불편을 끼쳐 죄송합니다."

머쓱해진 나는 자리에 앉았고 친구들은 그런 나를 보며 쫄보라고 놀렸다.

또 하나, 나는 사람이 무섭다. 크툴루 신화의 창시자이자 유명한 호러 소설가인 러브크래프트는 에세이 『공포 문학의 매혹』 서문, 첫 문장에서 이렇게 말한다.

"가장 오래되고 강력한 인간의 감정은 공포이며, 그중에서도 가장 오래되고 강력한 것이 바로 미지에 대한 공포이다."•

나 역시 알지 못하는 것이 두렵고, 그런 의미에서 사람이 무섭다. 사람의 마음은 알 수 없으니까.

나와 동시대를 산 사람들이라면 엘리베이터 귀신 이야기를 들어봤을 것이다. 엘리베이터에 엄마랑 같이 탔는데, 엄마가 나를 보며 "내가 아직도 네 엄마로 보이니?"라고 할 때 쭈뼛 소름이 돋는다. 어릴 때는 단순히 동승한 존재가 엄마가 아닌 귀신이라는 사실이 무서웠던 것 같다. 지금은 조금 다르게 해석하고 싶다. 나와 가장 친숙한 존재가 더 이상 내가 아는 존재가 아닐 때 주는 두려움을 잘 나타내는, 은유와 상징이 뛰어난 괴담이라고.

• 『공포 문학의 매혹』, H. P. 러브크래프트, 홍인수 역, 북스피어, 2012

그러고 보니 나도—다른 작가들과 조금 궤가 다르기는 하지만—겁이 많은 호러 작가라고 할 수 있을 것 같다. 호러 작가는 모두 겁쟁이라는 성급한 일반화의 오류는 범하지 않겠지만, 무서운 이야기를 쓰는 사람은 무서운 게 많다는 명제는 참이라고 할 수 있겠다.

2020년 10월에 선보인 『다이웰 주식회사』는 내 첫 소설 집이다. 그전에는 앤솔러지 작업에만 참여하다가 처음으로 단독 작품들로 구성된 책을 낸 것이다. 그래서 애정이 크다.

『다이웰 주식회사』에는 「국립존엄보장센터」, 「다이웰 주식회사」, 「하나의 미래」, 「미래의 여자」, 이렇게 네 편의 단편이 수록되어 있다. 각각의 소재는 달라도 관통하는 주제는 하나, 죽음이다. 책이 발간되고 출판사에서 미니 인터뷰를 진행했는데, "인간의 죽음과 삶에 대한 이야기들이 실려 있다. 이 책을 통해 강조하고 싶었던 건 무엇인가?"라는 질문이 나왔다. 내 대답은 이랬다.

"작가마다 모두 자신의 이야기를 펼쳐내는 노하우가 있을 겁니다. 최근에 알게 됐는데요. 저는 제 안에 있는 이야기들을 꺼내어 쓰는 작가더라고요. 그러다 보니 나, 그리고 삶과 죽음에 대한 이야기를 많이 하게 되는 것 같아요. 제 침대 옆 협탁에는 그때그때 읽는 책들이 놓여 있지만, 항상 자리를 지키고 있는 책이 있는데요. 바로 해부학 책이에요. 저는 이 책을 불안하거나 우울한 날에 한 번씩 들춰 보거든요. 해부학 책을 보면서 인간은 뼈와 근육과 신경으로 이뤄진 존재라는 걸 확인하면 마음이 묘하게 편해지더라고요. 『다이웰 주식회사』에서도 그런 얘기를 하고 싶었어요. 사람은 유한한 존재고 죽음과 더불어 살아가지만 지금 이 순간 웃을 수 있기에 강인한 존재라는 이야기를요."

3년 반이 지난 지금도 달라진 건 없다. 다만 침대의 협탁 위가 아닌 얼마 전에 새로 산 미니 책장에 꽂혀 있다. 그리고 인터뷰에서 못다 한 이야기를 덧붙이자면 내 책장에는 핼러윈 해골들이 나란히 놓여 있다. 매년 핼러윈이 다가오면 코스트코에서 해골 듀오 인형을 판매한다. 눈을 반짝이며 밴조를 연주하는 모습이 얼마나 귀여운지!(친구에게 귀엽지 않냐고 물어보니 저런 게 집에 있으면 새벽에 화장실 가다가 기절할 것 같다고 했다.) 갖고 싶은 마음이 간절하나 키가 1미터나 되는 큰 인형을 두 개씩이나 놓아 둘 곳도 마땅치 않아 꾹 참는다. 나는 어른이니까.

책상 위에는 모형 뇌가 들어 있는 스노우볼도 있다. 뒤집었다 놓을 때마다 분홍색 뇌 위에 뿌려지는 금가루를 보고 있노라면 저절로 마음이 포근해진다. 아마도 사람들이 강아지나 고양이 발바닥의 젤리를 보면서 느끼는 감정하고 비슷할 것 같다.

　더 말할 필요도 없겠지만 나는 뼈와 장기들, 특히 해골과 뇌 모형을 좋아한다. (얼마 전 팀 버튼 특별전에 갔는데 팀 버튼은 눈알을 특히 좋아하는 것 같았다. 음, 눈알도 나쁘지는 않지만 나는 역시 해골과 뇌가 더 좋다.) 운이 좋아 로또에 당첨된다면—귀찮다는 이유로 로또를 사지 않으니 당첨될 일이 없겠다만—데미안 허스트의 대표작인 다이아몬드로 만든 해골 작품, <신의 사랑을 위하여>를 사고 싶다. 집이 더 넓다면 병원에서나 볼 수 있는 성인 크기의 해골도, 간이나 심장 같은 장기를 넣었다 뺐다 할 수 있는 실물 같은 인체 모형도 갖고 싶다. 그러면 글을 쓰다 안 풀려 안절부절못하다가도 췌장을 꺼내 들고 한 꺼풀 피부 아래 있는 장기의 연약함에 감동하며 다시 마음을 안정시킬 수 있을 텐데.

고어, 이 좋은 걸 이제 알았다니

에세이를 구상하기 시작했을 때였다. 나는 진지하게 이 책의 제목이 『고어, 이 좋은 걸 이제 알았다니』라면 얼마나 좋을까, 하고 생각했었다. 그럼 원고지 600매가 아니라 1000매, 아니 대하소설에 맞먹는 분량으로 쓸 수 있을 텐데….

나는 고어물을 좋아한다. 아니, 사랑한다. 고어(gore)의 뜻을 옥스퍼드 사전에서 찾아보면 "blood that has been shed, especially as a result of violence"라고 나와 있다. 즉 폭력으로 인한 상처에서 흘러나오는 피라는 뜻을 갖고 있다. 의미만으로도 충분히 잔인하다.

모든 고어물이 호러 장르에 속하는 것은 아니다. 고어한 영화는 끔찍하고 징그럽지만 어떤 의미로 무섭지는 않기 때문이다. 당장 떠오르는 영화만 봐도 그렇다. 데이비드 핀처 감독의 <세븐>은 상당히 고어하고 결말도 충격적이지만 형사가 범인을 잡기 위해 고군분투하는 스릴러지 호러 영화는 아니다. <라이언 일병 구하기> 같은 전쟁 영화도 전쟁의 참혹함을 묘사하기 위해 고어한 장

면이 많다. 테르모필레 전투를 묘사한 <300>은 말할 것
도 없고.

역으로 모든 호러가 고어하지도 않다.

호러의 하위 장르에 대해서는 뒤에서 자세히 다루겠
지만, 호러 중에서 고어한 장르는 슬래셔/스플래터 장르
다. 슬래셔(slasher)는 날카로운 것으로 길게 베다는 뜻의
Slash에서 파생한 말이다. 슬래셔 장르에서는 주로 미친
살인마가 나와 이야기의 시작부터 끝까지 아주 많은 사
람을 죽인다. 독살 같은 우아한(?) 방법은 절대 쓰지 않
는다. 총으로 죽이는 경우도 드물다. 칼, 도끼, 톱 등 날카
로운 도구에서부터 석궁, 창, 철퇴까지…. 화면에는 피와
살과 뼈가 난무한다. 스플래터(splatter) 장르는 고어 영화
의 하위 개념으로 유혈이 낭자한 폭력 장면의 상세한 묘
사에 초점을 맞춘다. 슬래셔와 겹치는 부분이 많아 굳이
구분을 해야 하나, 싶을 때도 있지만 스플래터는 슬래셔
장르보다 과장된 연출이 특징이다. 슬래셔 장르가 공포
를 유발한다면 스플래터 장르는 과잉으로 인해 역겨움
과 실소를 유발한다고 볼 수 있다.

정리해 보면 고어라는 집합과 호러라는 집합이 있고
그들의 교집합이 슬래셔, 부분집합이 스플래터 장르가
된다. 나는 당연히 두 장르를 가장 좋아한다. 그러나 이

말을 한 순간, 사람들의 반응은 대략 세 가지로 나뉜다.

첫째, 자다가 레몬 조각을 씹은 것처럼 얼굴을 찌푸리며 그게 왜 좋아요, 하며 대놓고 물어보는 유형.

둘째, 애써 미소를 지으며 각자 취향은 다양하니까요, 하며 조금 물러나 앉는 유형.

셋째, 목소리를 낮추며 "어디 가서 그런 소리 하지 마세요. 오해받을 수 있어요."라고 진지하게 조언해 주는 유형.

셋 다 내가 원한 반응은 아니다. 지금까지 살면서 "저도 스플래터 장르가 너무 좋아요!"라고 하는 사람은 한 명도 만나지 못했다. 내 인간관계가 워낙 좁기도 하지만 스플래터 장르를 좋아하는 사람이 이렇게 드물다니 안타까운 일이다. 특히 한국에는 미국이나 일본에 비해 호러를 좋아하는 인구 비중도 적지만, 호러를 좋아하는 사람 중에서도 고어를 좋아하는 사람은 네 잎 클로버를 찾는 것만큼이나 힘들다.

셋 중에는 대놓고 물어보는 쪽이 가장 뒤끝이 없는 것 같지만 그 질문에 답을 하기는 어려운 게 현실이다. 그건 마치 여자친구 혹은 남자친구가 "넌 날 왜 좋아해?"라고 따지는 거나 다름없다. 어떤 이를, 어떤 사물을, 또는 어떤 장르를 좋아하는 것에는 이유가 없다. 인간의 감정은 논리적으로 흐르지 않는다.

그래도 굳이 이유를 찾으려면 해부학 책을 보는 것과

마찬가지 이유가 아닐까.

살인마가 전기톱을 휘둘러 카메라에까지 피가 튀고, 살기 위해서 톱으로 자기 발목을 자르고, 알 수 없는 공간에 갇혀 탈출하려다 레이저 광선에 의해 몸이 조각나고, 적에게 목이 잘려 머리가 구르는 화면을 보면 나는 다시금 인간의 유한성을 느끼게 된다. 절망적으로만 보였던 내 앞의 문제가 얼마나 사소한 것인지 깨닫게 되는 것이다.

포비아, 포비아

호러 작가는 고달프다. 독자를 만족시키는 일이 너무나 어렵기 때문이다. 어떤 장르라도 모든 독자의 입맛에 맞추기는 어려울 것이다. 그런데 호러는—호러 장르의 독자라 하더라도—작품에 따라 호불호가 심하다. 예를 들어 오컬트 장르를 좋아하면서 고어는 싫어할 수도 있다. 그 반대도 마찬가지다. 호러는 인간의 내면과 가장 밀접하게 맞닿아 있는 장르라서 그렇다.

누구나 저마다의 공포를 품고 있다. 호러 장르 강의에 들어오는 수강생들에게 "당신의 공포가 무엇입니까?"라고 물어보면 상상을 초월하는 대답들이 나온다. 지나치게 높은 건물이 공포스럽다거나, 공이 날아와 머리를 가격할 것 같아서 무섭다거나, 벌레 중에서도 바퀴벌레 같은 건 혐오스럽지만 두렵지는 않은데 다리가 많은 지네나 그리마 같은 벌레는 온몸이 미비될 것처럼 끔찍하게 느껴진다거나… 신기하게도 겹치는 건 거의 없다. 그에 반해 내가 갖고 있는 공포증들은 흔해 빠진 것들이다. 꼽아 보자면 끝이 없겠지만 그중 일상생활에서 불편을 느끼는 건 고소 공포증, 환 공포증, 선단 공포증 등이다.

고소 공포증: 높은 곳을 무서워하는 공포증으로 많은 사람이 공감할 만한 공포증이다. 지하철 환승역에는 간혹 상상을 초월할 정도로 높은 에스컬레이터가 있다. 아무 생각 없이 탈 때는 괜찮지만 어쩌다 높이를 인지하는 순간, 나는 슬그머니 핸드 레일을 잡는다. 그리고 잡은 손에 은근히 힘을 준다. 등산할 때도 그렇다. 다른 사람들이 정상에서 아래를 내려다보며 야호를 외칠 때, 나는 바위에서 미끄러져 추락하는 상상을 하며 휘청거리는 무릎을 바로 세운다. 번지점프는 해 본 적도 없고 하려고 시도해 본 적도 없다. 춘천에 갔을 때 소양강을 가로지르는 스카이워크를 걸어 보자는 친구에게 덧신이 위생적이지 않을 것 같다는 말도 안 되는 핑계를 대며 사양했다. 까마득한 아래로 강물이 흐르는 투명한 유리 다리 위를 156미터나 걸어야 하다니 안 될 말이지.

환 공포증: 원이나 구멍이 한곳에 뭉쳐 있는 것을 볼 때 공포나 혐오를 느끼는 것이다. 밀집된 작은 원이나 구멍, 혹은 반복되는 원이 있는 옷감의 패턴을 볼 때조차 나도 모르게 진저리가 쳐진다. 연꽃 씨앗, 두루미 머리 부분을 확대 촬영한 사진 같은 것들을 보고 있자면 어깨에 벌레가 기어가는 듯 스멀스멀한 느낌이 들고 옆구리가 가려운

것도 같다. 그럴 때마다 나는 환 공포증은 아직 의학계에서 공식적으로 인정된 공포증이 아니라며 마음을 가다듬는다. 유전자에 각인된 생존본능—독버섯, 독개구리 등 반복적인 원형 무늬가 있는 생물은 독이 있을 확률이 높다—때문에 일어나는 자연스러운 반응일 뿐이라고.

선단 공포증: 선단 공포증이 있는 사람은 칼끝, 바늘, 펜촉 등 날카롭고 뾰족한 물건을 볼 때 공포를 느낀다. 회사에 다닐 때, 꼭 내 자리로 와서 책상에 걸터앉아 뾰족한 연필 끝을 들이대며 말하는 상사가 있었다. 물론 눈을 찌를 정도로 가깝지는 않았으므로 신경 쓰지 않으려 했지만 계속 신경이 쓰였다. 급기야 미간이 콕콕 쑤시고 그가 하는 말에 집중이 되지 않았다. 나는 정중하게 연필을 내 앞에서 치워 달라고 요청했다. 최근 우즈베키스탄식 양꼬치 집에 갔는데 우리가 흔히 가는 중국식 양꼬치 집과 다르게 꼬치가 아주 길고 끝이 뾰족했다. 무서워하는 걸 들키지 않으려고 애써 딴생각을 하고 있는데 앞에 계시던 분이 칼싸움이라도 해야 하는 것 아니냐며 내게 꼬치 하나를 내밀었다. 결국 나는 선단 공포증이 있다고 고백해야 했다. 그분이 지나치게 미안해하셔서 오히려 머쓱했지만.

이렇게 사소한 공포증에 시달리면서 나는 공포증의 종류와 현대인의 공포증에 대해 파고들었다. 그리고 오늘을 사는 우리에게는 어떤 공포증이 가장 치명적일까 생각해 봤다. 우리와 가장 가까운 물건, 온종일 내 몸처럼 붙어 있는, 가족보다, 친구보다 가까운 그것은, 핸드폰이었다. 지하철에서도 사람들은 모두 고개를 숙인 채 손바닥만 한 화면을 들여다본다. 자기 전에도 스마트폰을 손에서 놓지 않는다. (피곤해서 눈이 막 감기는 데도 굳이 동영상을 보다 코뼈가 부러질 뻔한 사람이 비단 나뿐만은 아닐 것이다.) 요즘 횡단보도에는 바닥에도 신호등이 들어온다. 스마트폰을 보느라 바닥을 보며 걷는 사람의 사고를 줄이기 위해 생겨났다고 한다. 이렇듯 우리는 스마트폰 없는 삶을 상상할 수 없다. 그런데 우리가 스마트폰을 두려워하게 된다면?

그 결과 나온 작품이 「화면 공포증」이다. 「화면 공포증」은 어느 날 사람들이 액정 화면을 두려워하게 된다는 설정으로 풀어간 코스믹 호러다. 처음에는 단순히 스마트폰을 두려워하는 내용이었는데, 어느 날 삼성역에 가게 되면서 스케일이 커졌다. 삼성역에 내리자마자 거대한 화면들이 나를 압도했다. 지하철 벽면에서부터 백화점으로 가는 통로의 기둥까지 온통 화면으로 도배되어 있었다. 숨 막히는 듯한 기분으로 계단을 올라갔다. 밤의 어둠에 물든 가로수라던가, 건물 창으로 새어 나오는 은은한 불빛 같은 걸 기대했다. 웬걸, 코엑스 외벽에는 어마어마하게 큰 화면이 붙어 있었다. 벽 한 면을 다 차지하는 거대한 화면에서 아이돌은 신나게 춤을 추었고, 그 옆 빌딩에서는 명품 향수 모델이 화면을 가득 채우고 있었다. 눈이 시릴 정도로 내뿜는 액정들의 섬광에서, 나는 기이한 공포를 느꼈다. 삼성역 주변은 옥외광고물 자유표시 구역이라 국내 최대 규모의 전광판 광고를 볼 수 있다는 사실은 나중에 알게 되었다.

이 글을 읽는 여러분도 크고 작은 공포증을 갖고 있을 거로 생각한다. 그런 이유로 언젠가는 '현대인의 공포증' 연작을 쓰고 싶다.

대게에서 푸른 머리카락까지

공포증에 관해 이야기를 꺼낸 김에 내가 쓴 최초의 청소년 SF 단편이자 한낙원 과학소설상 수상작인 「푸른 머리카락」의 탄생에 관한 이야기를 해 보겠다.

「푸른 머리카락」의 세계관은 자이밀 행성에 사는 갑각류를 닮은 외계인이 지구에 와서 자손을 번식하는 대신 해수를 담수로 정화하는 조약을 맺고 공존하는 세계관을 갖고 있다. 자이밀리언은 평상시 인간의 모습을 하고 있지만 물이 닿으면 갑각류와 비슷한 본모습을 드러낸다. 책 표지의 재이(주인공)는 아주 아름답게 그려졌지만, 내가 상상한 자이밀리언의 모습은 영화 <디스트릭트 9>의 프로운에 가깝다. 내 구상 노트에는 자이밀리언의 모습을 그려놓기도 했다. 그렇다면 자이밀리언의 아이디어는 어디에서 왔을까?

바로 대게에서 시작됐다. 영덕이랑 울진에서 많이 잡히는 대게 말이다.

7년 전쯤이었나. 가족들하고 대게를 먹었다. 나는 사실 형체가 있는, 삼계탕이나 굴비처럼 살아생전의 모습을 갖추고 있는 음식을 별로 좋아하지 않는다. (먹긴 잘 먹는다. 맛있으니까.) 그런데 바닷가재도 그렇고, 새우, 대게 등 갑각류는 형체가 뚜렷하다. 특히 까만 구슬 같은 눈알이 인상적이다. 가만히 들여다보고 있으면 나를 원망하는 것 같기도 하고, 좀 섬뜩한 느낌이 들기도 했다. (갑각류 눈알 공포증?) 그날도 대게 눈알이 내 무의식 어딘가를 건드렸나 보다. 대게를 먹은 날 밤, 꿈을 꿨다. 대게처럼 생긴 외계인들이 사람들을 잡아다 치과 의자 같은 데 눕혀 놓고 뇌수를 빨아먹는 꿈이었다. 기다란 집게발을 콧구멍에 집어넣어 미황색의 뇌수를 쪽쪽 빨아먹었다.

꿈을 꾼 내가 할 일은 단 한 가지, 소설을 쓰는 것이었다. 그 당시에는 네이버 웹소설 플랫폼에 짧은 호러 소설을 써서 올리기 시작했을 때니까. 아이디어가 떠오르면 숙성시키는 작업을 거치지 않고 마구 써댔다. 제목은 무려 「갑각의 제국」이었다. 갑각류 모양의 외계인이 지구를 정복하고, <매트릭스>에서 기계들이 사람을 에너지원으로 사용하는 것처럼 갑각류들이 사람들을 잡아다 뇌수를 빨아먹고 지능이 점점 더 발달했다는 설정이었다. 인류는 멸종 위기에 처하고, 살아남은 사람들이 고군분투하는 이야기였다. 그 작품을 스터디에 냈더니 반응이 좋지 않았다. (개연성도 없고, 유치하고, 이건 아무래도….)

내 작품에 취해 있을 때는 명작이지만 스터디에서 합평을 받고, 시간이 흘러 객관적인 눈으로 보게 되면 망작인 걸 깨닫게 된다. 하지만 나는 아무리 망작이라도 버리지 않는다. 언젠가 놔두면 재활용할 수 있는 날이 온다고 믿는다. 그래서 그냥 묻어 두고 있었다. 아니, 그냥 묻어 둔 것은 아니다. 뒷마당의 시체처럼 묻어 두고 완전히 잊어버리지는 않았다. 생각해 보라. 뒷마당에 시체를 묻어 놓으면 주방에서 밥을 먹고 욕실에서 샤워하고 거실에서 음악을 듣다가도 문득문득 떠오르지 않겠는가? 이 지역이 재개발되어 마당이 파헤쳐지면 어떡하지? 그런 걱정도 들 테고, 일상생활을 영위해 나가면서도 머리 한쪽에 스위치가 켜져 있을 것이다. 묻어 둔다는 건 내 소재를, 내 글을 '뒷마당의 시체' 상태로 만드는 것이다. 언제까지? 『연이와 버들잎 소년』에서 버들잎 도령이 준 사람 살리는 약이 든 호리병을 얻을 때까지.

나는 2018년 여름, 「갑각의 제국」을 살릴 수 있는 약을 얻게 되었다. 호러 단편 워크숍에서 만난 친구가 나보고 SF를 쓰니 한낙원 과학소설상에 응모해 보라고 한 것이다.

"어휴, 난 동화는 써 본 적이 없어서."

"그럼 청소년 소설 써 봐. 청소년 소설은 성인 소설과 크게 다르지 않아."

그런 얘기를 지하철에서 듣고 그 친구가 먼저 내리고 나서 멍하니 앉아 있는데 갑자기 응모해 봐야겠다, 하는 생각이 들었다. 밑도 끝도 없이 계시처럼. 그런데 마감을 확인해 보니 두 달 남짓 남아 있었다. 그 기간 내에 새로운 걸 생각해 완성도 높은 작품을 쓰는 건 무리였다. 나는 묻어 둔 파일들을 꺼내 보기 시작했다.「갑각의 제국」이 괜찮을 것 같았다. 하지만 그 설정 그대로 갈 수는 없었다. 아무리 내가 고어를 사랑한다고 해도 갑각류들이 뇌수를 빨아먹고 거대한 집게로 사람들의 머리를 꿰뚫는 설정을 청소년 소설에 어떻게 쓰겠는가. 그래서「갑각의 제국」에서 갑각류 외계인이라는 설정만 쏙 빼 와서 자이밀리언이라는 외계인을 만들었다. 그 결과 아름다운 바다를 배경으로 지구인 여자아이와 자이밀리언 남자아이의 우정 내지는 썸을 그린 작품이 완성되었다. 그러니까「푸른 머리카락」은 대게에 대한 혐오 혹은 죄책감 없이는 탄생하지 못했을 것이다.

옥타비아 버틀러의 단편집『블러드 차일드』에 수록된 표제작「블러드 차일드」의 작가 후기를 보면 말파리에 대한 이야기가 나온다. "말파리는 다른 곤충에게 물리고 남은 상처에 알을 낳는다. 내 피부 밑에 살면서 성장하는 구더기, 자라면서 내 살을 먹는 구더기를 상상하면 참을 수 없었고, 그런 일이 내게 일어난다면 어떻게 견딜지 모르겠다 싶을 만큼 무서웠다."[**]

**『블러드 차일드』, 옥타비아 버틀러, 이수현 역, 비채, 2016

좋은 소설을 쓰고 싶다면 좋아하는 것보다 싫어하는 것, 두려워하는 것에 집착해 보자.

왜 죽이는 이야기를 쓰세요?

나는 어디 가서 굳이 직업을 말하지 않는 편인데, 작가라고 하면 이런저런 질문을 받기 때문이다. 그런데도 끈질기게 물어볼 때는 거짓말을 하고 싶지는 않으므로 어쩔 수 없이 작가라고 한다. 이어지는 질문은 십중팔구 "어떤 장르의 글을 쓰세요?".

나는 여러 장르를 쓰고 있지만, 본진은 호러이다. 그런데 호러 소설을 쓴다고 하면 "호러요?"라는 반응과 함께 상대방의 말수가 눈에 띄게 줄어든다. SF 작가라고 할 때도 SF는 어렵다는 둥 SF를 쓰려면 머리가 좋아야 하지 않느냐는 둥 비슷비슷한 이야기를 듣기 때문에 별로 재미가 없다. 동화 작가라고 하면 사람들이 어울린다며 납득하는 표정을 짓는데 그건 또 그것대로 외양이나 말투로만 판단한 것 같아 묘한 기분이 든다.

그래도 로맨스 작가라고 했을 때만 하겠는가. 로맨스를 쓴다고 하면 어떤 사람들은 청하지도 않았는데 자진해서 소재를 주겠다며 자신의 연애 경험을 풀어놓기도 한다. 그럴 때면 "고맙습니다만 정중히 사양하겠습니다."라고 해야 하는데 나는 언제나 남들보다 조금 느린 편이라 거절할 타이밍을 놓치는 편이다. 그러다가 본인이 3박 4일 동안 호텔 밖으로는 한 발짝도 나가지 않고 사랑만 나눴다는 낯 뜨거운 이야기를 두 시간 내내 들어야 한 적도 있다. 하지만 이런 에피소드는 귀여운 편이고, 나는 인생에서 다시 듣고 싶지 않은 질문을 받은 적이 있다.

5년 전쯤의 일이다. 당시 나는 로맨스 웹소설을 쓰면서 네이버 웹소설 플랫폼에 공포 단편을 자유 연재하고 있었다. 지금도 그렇지만 공포 카테고리가 따로 없어서 미스터리 카테고리에 글을 올렸었다. (글을 올릴 때마다 방 네 개짜리 아파트에서 방 한 칸만 빌려서 사는 세입자 같은 기분이었다.) 어쨌거나 그 시절에는 내가 글을 쓴다는 사실이 너무 신이 나고 기뻐서 만나는 사람마다 웹소설을 연재하는 링크를 보여 주곤 했다. 그리고 문제의 질문을 한 사람—편의상 A씨라 부르자—도 내가 링크를 보내준 지인 중 한 사람이었다.

어느 날 A씨를 포함, 글 쓰는 사람 서너 명이 함께 술자리를 가지게 되었다. A씨는 언제나 모임에서 이야기를 주도하는 편이었는데, 한참 다른 이야기를 하다가 돌연 나를 보더니 내 글을 읽었다는 말을 했다. 나는 어떤 평가가 나올까 두근두근하며 기대에 찬 눈빛으로 A씨를 보았다. 그런데 A씨의 입에서 나온 질문은, "왜 죽이는 이야기를 쓰세요?"였다. "네?" 질문의 의도를 잘 이해할 수 없었던 나는 반문했다. 그러자 A씨가 내 눈을 똑바로 보며 다시 물었다.

"왜 사람을 죽이는 이야기를 쓰냐고요."

아, 호러 소설을 '사람을 죽이는 이야기'라고 생각할 수도 있구나. 나는 새로운 관점 앞에서 어떻게 답해야 할지 진지하게 고민하기 시작했다. 답변을 기다리던 A씨가 시큰둥한 표정을 지으며, "내가 쓰는 소설에서는 배아도 생명이라고 생각하고 살리려고 하거든요."라고 말했다.

어? 나 지금 까인 건가?

나는 부족한 공감 능력과 사회성을 동원해 A씨의 말의 행간을 읽으려 했다. 그 결과, 나온 해석은 본인은 배아도 생명이라 생각하는 휴머니스트이고, 나는 인간의 존엄을 말살하는, 사람 죽이는 이야기를 쓴다는 뜻인 것 같았다. 임기응변이 탁월하지 않은 나는 얼어붙었다.

다음 순간 내 입에서 나온 대답은 고작 "다음에 만나면 말씀드릴게요."였다. 그러면서 마음속으로는 댁하고 다시 만날 일은 없소이다, 하며 그것이 최선의 복수라고 생각했다. (복수는 무슨 복수, 정신 승리일 뿐이지.)

만약 다시 그 순간으로 돌아간다면 나는 A씨의 눈을 마주 보며 마녀처럼 씨익 웃어 준 다음 또박또박 말할 것이다. "취향입니다, 존중해 주시죠."라고.

시간이 좀 더 흐르고 나서 호러 작가들을 만나 이런저런 이야기를 나누다가 그런 질문을 받은 게 나만은 아니라는 사실을 알고 안도했다. 마치 드라마에서 불륜녀로 나왔던 배우가 시장에 가서 아주머니에게 물벼락을 맞았다는 에피소드처럼, 무서운 이야기를 쓰는 호러 작가들도 종종 오해를 받는다. 어떤 작가는 한창 내장이 튀어나오는 잔인한 장면을 쓰고 있는데 시어머니가 갑자기 집에 들이닥쳐 우리 며느리 뭘 쓰고 있나, 물어서 몹시 당황한 적이 있다고 한다. 어떤 작가는 사이코패스가 아니냐는 말도 들은 적이 있다고 한다. 고어를 쓰는 나도 그런 말을—육성으로는 아니고 댓글로—들은 적이 있다. 그만큼 실감 나게 썼다는 말이니 칭찬이야, 하며 또 정신승리를 해 보지만 역시 기분이 좋지는 않다. 살인마를 묘사한 호러 작가가 사이코패스라는 논리가 성립하려면 로맨스 작가는 바람둥이요, SF 작가는 외계인이라고 해야 하지 않을까?

로맨스 쓰는 호러 작가

2018년 여름, '로맨스 쓰는 호러 작가'라는 제목으로 작가 살롱을 진행한 적이 있다. 스무 명 남짓한 사람들이 모인 소규모 행사였지만 작가와의 만남 단독 행사는 처음이라 무척 설렜다.

작가 살롱은 1부와 2부로 나뉘어 두 사람이 만담하듯 사회자와 내가 미리 준비된 문답을 하는 형식으로 진행되었다.

1부에서는 쓰고 싶은 이야기, 즉 호러에 대한 이야기를 중점적으로 나눴다. 작가가 되기 이전의 삶은 어땠는지, 어디에서 주로 소설의 아이디어를 얻는지, 같은 무난한 질문에서부터 전업 작가가 되기까지 어떤 변곡점들이 있었는지, 맨 처음 쓴 호러 소설(남편의 발 냄새를 소재로 한 엽편소설이다.)이 어떤 내용인지에 대한 이야기까지… 호러 작가로서 나의 삶에 대해 다양한 이야기를 나눴다.

그리고 2부에서는 생계를 위해 쓰는 로맨스에 대한 이야기를 나눴다. 사회자가 나를 보며 호러를 이야기할 때와 표정이 확연히 달라졌다며 놀렸다. 나중에 사진을 보니 정말 1부에서의 내 표정은 놀이공원에 간 초등학생처럼 "나 지금 신남"이라고 쓰여 있고 2부에서는 발주처에서 프로젝트를 따내기 위해 프리젠테이션을 하는 회사원같이 말쑥한 얼굴을 하고 있었다. 실제로 로맨스 파트에서는 로맨스를 잘 쓰기 위해 공부한 것들이나 공모전을 위한 작품을 구상하거나 기획할 때의 노하우 등 정보 중심으로 얘기했다.

그렇게 딱딱한 시간이 지나고, 드디어 기다리던 질문이 나왔다. 호러 작가와 로맨스 작가라는 두 정체성을 껐다 켰다 하는 비결이 있는지, 글 쓰는 패턴을 알고 싶다는 질문이었다.

'100퍼센트에 가까운 내향인'이지만 마음속으로는 언제나 사람들을 웃기고 싶은 욕망을 품고 있는 나는 이때다, 싶어 준비된 답변을 했다.

"저는 사실 이중인격자입니다. 로맨스를 쓰는 자아와 호러를 쓰는 자아가 따로 있어요. 로맨스를 쓸 때는 분홍색 원피스를 차려입고, 분홍색 노트북으로 쓰고, 호러를 쓸 때는 검은 후드티를 입고 검은 마스크를 쓰고, 검은 노트북으로 씁니다."

관객석에서 호오 하는 반응이 나왔다. 누군가는 정말이냐며 깜짝 놀라기도 했다. 그다음 내가 한 말은, "거짓말입니다!"였다. 여기저기서 사람들이 큭큭거리는 소리가 들렸고, 중학교를 졸업하면서 버렸던 개그 욕심이 부활한 나는 마냥 뿌듯했다.

당연히 이중인격도, 선호하는 옷 색깔도, 분홍색 노트북도 없다. 단지 로맨스를 쓸 때는 마음을 차분하게 가다듬을 뿐이다. 깊게 심호흡을 하며 몇 가지 사실을 규칙괴담의 수칙처럼 마음속으로 되뇐다.

- 로맨스를 쓸 때는 손발이 오그라드는 느낌이 들어도 의자에서 일어나지 마십시오. 의자에서 일어났다면 반드시 냉장고로 가서 생수를 꺼내 마시고 돌아오십시오.
- 놀이공원에서 키스하는 커플의 머리 위로 롤러코스터가 추락하는 사고가 발생해서는 안 됩니다. 그런 에피소드를 쓰면 당신의 독자들이 비난의 댓글을 퍼붓고 중도 하차하게 될 것입니다. 당연히 차기작 의뢰도 들어오지 않게 됩니다.
- 놀이공원 사고와 마찬가지 이유로 남녀 주인공이 말싸움을 벌이다 둘 중 하나가 홧김에 차도로 뛰어들어서도 안 됩니다.
- 로맨스의 독자들은 해피 엔딩을 원합니다. 실제로 99.9퍼센트의 로맨스는 해피 엔딩입니다. 당신이 새드 엔딩을 쓴다면 다음 작품을 쓸 때 필명을 바꿔야 합니다.
- 남녀 주인공은 서로를 죽여서도 안 됩니다. 명심하십시오. 당신은 로맨스를 쓰고 있습니다. 호러를 쓰는 것이 아닙니다.

이런 규칙들에도 불구하고 내 로맨스 소설 속에서는 이스터 에그처럼 공포스러운 에피소드가 등장한다. 예를 들어 오해하고 달아나는 여자 주인공을 맨발로 쫓아가던 남자 주인공이 깨진 유리 조각을 밟고 피를 흘려 응급실에 간다던가, 여자 주인공에게 프러포즈 이벤트를 하기로 한 남자 주인공이 불을 끄고 시체인 척 거실 한가운데 케첩으로 만든 피범벅이 되어 누워 있다거나, 이 정도도 어려운 상황이면 다리를 다쳐 깁스했던 여자 주인공이 깁스의 석고를 잘라내는 톱을 보며 살까지 잘리는 상상을 하는 장면이라도 넣는다.

이번에는 위 질문에 대해 조금 진지하게 접근해 보자.

호러와 로맨스를 동시에 쓰는 나, 얼핏 보면 두 장르는 전혀 교집합이 없어 보인다. 그런데 어떻게 나는 두 장르를 쓸 수 있을까? 극과 극은 통하기 때문일까?

매들린 밀러의 소설 『아킬레우스의 노래』에는 이런 말이 나온다.

"사랑과 공포의 공통점은 가슴속에서 점점 부풀어 오른다는 거예요."•••

그렇다. 로맨스와 호러는 둘 다 인간의 심연에 맞닿아 있는, 본능에 호소하는 장르라는 공통점이 있다. 인간은

••• 『아킬레우스의 노래』, 매들린 밀러, 이은선 역, 이봄, 2020

들짐승 등 외부의 위협으로부터 살아남기 위하여 '공포'라는 감정을 발달시켰고, 자손을 번식해 유전자의 형태로 영원히 살아가기 위하여 '사랑'을 한다.

또 다른 차원에서 호러와 로맨스는 동전의 양면과도 같다. 박찬욱 감독의 영화 <헤어질 결심>에서 여자 주인공은 남자 주인공의 '마음'을 갖고 싶다고 중국어로 말하지만, 번역기는 '심장'을 갖고 싶다고 번역한다. 정확한 대사는 "나에게 선물이 꼭 하고 싶다면, 그 친절한 형사의 심장을 가져다주세요."

그렇다. 내가 상대방에게 원하는 것이 심장이 되는 순간 호러요, 마음이 되는 순간 로맨스가 된다. 사랑에 빠진 사람들은 당연히 상대방의 마음을 원한다. 그런데 그 마음이란 건 눈으로 볼 수가 없다. 상대방의 마음이 나만큼 간절하지는 않음을 느끼는 순간, 사랑의 감정은 분노와 집착으로 변질된다. 집착하는 자가 원하는 건 '마음'이 아니라 '심장'이다. 사랑하는 사람을 소유할 수 없다면 가슴을 가르고 갈비뼈를 열어 심장을 꺼내 으적으적 씹어먹고 싶게 된다. 너무 지나친 로맨스는, 호러와 서로 모른 척 등지고 사는 쌍둥이와 같은 것이다.

(덧붙이는 말) 작가 살롱을 마치고 얼마 후, 로맨스를 연재하던 플랫폼 담당자와 미팅하면서 우연히 작가 살롱에 관한 얘기가 나왔다. 항상 스마일 와펜처럼 웃는 얼굴을

하고 있던 담당자가 급정색하며 말했다.

"아니, 작가님이 왜 로맨스 쓰는 호러 작갑니까? 호러 쓰는 로맨스 작가죠!"

"아하하, 그런가요. 제가 워낙 호러 쓰는 걸 좋아해서요."

"그건 단지 좋아하시는 거고요. 로맨스로 돈을 벌고 계시니 로맨스 작가라고 하셔야 합니다."

담당자는 로맨스, 돈, 같은 단어에 유난히 힘을 주었다. 나는 끝까지 인정하고 싶지 않아 헤헤, 하는 웃음으로 넘겼다. 누가 뭐래도 나는 호러 작가니까!

3장.
우리가 호러에 대해
알고 싶은 것들

호러란 무엇인가?

Horror의 사전적 의미는 말 그대로 공포, 두려움이지만
『호러, 이 좋은 걸 이제 알았다니』에서 혹은 우리가 일상
적으로 호러라고 할 때는 호러 장르를 말한다.

호러 장르는 무엇인가?

호러 장르는 "죽음, 귀신, 괴물, 살인마 따위를 소재로
하여 두렵고 무서운 느낌을 불러일으키는 문학, 영화, 드
라마, 게임 따위의 한 분야"*다.

로맨스를 소비하는 사람들은 사랑하는 연인들을 보
며 대리만족하고, SF를 소비하는 사람들은 주인공을 따
라 경이로운 세계를 탐험하며 즐거움을 느낀다. 장르문
학을 소비하는 이유는 단연코 즐거움을 얻기 위해서다.
마찬가지로 호러 장르를 소비하는 사람들은 공포를 느
끼고 싶어 한다. 그런데 이 '만들어진 공포'라는 감정은
쾌감인지 불쾌감인지 판가름하기 어려운 지점이 있다.
호러를 보는 일을, 끔찍한 장면이 나올까 봐 눈을 가늘게

• 출처: 우리말샘

뜨고 다음 장을 넘기는 행위를, '즐거움'이라는 말로만 규정할 수 있을지 의문이 든다.

그래서일까. 호러만큼 호불호가 강한 장르는 없다. 호러라는 말을 듣는 순간, 내 코앞에 대고 "전 '그런 거' 안 봐요."라고 단호하게 말하는 사람을 나는 많이 만났다. (어… 저는… 호러 작가인데요.) 호러를 보지 않는 사람들에 대한 탐구는 나중에 기회가 된다면 해 보기로 하고, 여기서는 호러를 보는 사람들의 심리에 대해 얘기해 보겠다.

우리는 왜 호러 장르를 소비할까?

내 경우처럼 호러 콘텐츠를 보면서 무서워하지 않는 사람들은 예외로 하고, 사람들은 왜 두려운 감정을 품으면서도 호러를 볼까? 뒤통수가 쭈뼛거리고 소름 끼치는 감각을 과연 쾌감이라고 할 수 있을까? 기분 좋은 전율을 느낄 때도 소름이 돋긴 하지만 그건 분명 호러를 접할 때의 소름과는 다르다. 호러를 보며 돋는 소름은, 어두컴컴하고 습한 지하실에서 낡은 상자 뒤로 뭔가가 휙, 하고 지나가는 듯한 느낌을 받았을 때의 소름과 비슷한 종류다. 뭔가의 정체가 고양이라면 그나마 다행이다. 손전등을 켜고 아무리 찾아봐도 살아 있는 생명체는 없을 때의 찜찜함, 며칠이 지난 후에 문득 생각나 다시 기분이 나빠지는 것, 그것이 호러가 주는 감각이다. 아무리 후하게 평가한다고 해도 이걸 쾌감이라고 보기는 어렵지 않을까? 그렇다면 호러는 불쾌감을 일으키는 장르라고 해야 하지 않을까? 그렇다. 아이러니하게도 호러는 불쾌감을 통해 쾌감을 얻는 장르다. 사람들은 호러를 보며 등골이 서늘해지고, 손에 땀을 쥐며, 입안이 마르는 경험을 한다. 이렇게 말하면 누군가는 "뭐라고요? 호러를 보는 사람들은 피학적이란 말씀입니까?"라고 되물을 수도 있겠다. 정말 그럴까? 호러를 좋아하는 사람에게는 자기 자신을 괴롭히는 성향이 있는 걸까? 도대체 우리는 왜 호러를 볼까?

호러를 보는 이유나 호러의 효용을 말할 때면 등장하는 이야기들이 있다. 그중 하나는 호러가 예방주사 같은 역할을 한다는 것이다. 호러는 사람들의 심연에 내재한 두려움과 불안을 꺼내 마주 보게 하고 그 상황을 가상으로 겪음으로써 백신과 같은 역할을 하게 한다. (물론 모든 백신에는 부작용이 있다.)

또 다른 이야기로, 호러는 우리가 사는 세상이 얼마나 평화롭고 안전한지 환기하는 역할을 한다는 의견도 있다. 영화관에서 날뛰는 살인마에게서 간신히 도망친 기분으로 밖에 나왔을 때, 피 한 방울 없는 거리를 보면서 우리는 안도감을 느낀다. 게임은 더욱 그렇다. 게임 속에서 바이러스에 감염된 괴물에게 쫓기던 '나'는 죽었지만 게이머인 나는 엄연히 살아 숨 쉰다. 호러를 읽는 행위는 어떤가. 무시무시한 귀신이 저주를 내리는 책을 덮은 후 오후의 햇살이 들어오는 내 거실이, 낡았지만 편안한 내 소파가 얼마나 소중한지 새삼 깨닫는다. 조금 더 나아가 살아 있다는 것, 생의 중요성을 자각할 수도 있다.

전부 일리 있는 말이다. 하지만 나는 어쩐지 그게 다가 아니라는 생각이 든다.

어쩌면 우리는 G선상의 아리아처럼 잔잔하고 고요한 우리 일상에 돌을 던지고 싶은 게 아닐까?

우리는 모험을 동경한다. 누구나 자동차 경주를 하거나 익스트림 스포츠를 즐길 수는 없지만 호러를 통해 가장 쉽고 빠르게 위험한 경험을 맛볼 수 있다. 호러를 봄으로써 아드레날린이 분출되고 우리의 심장 박동을 더 빠르게 할 수 있는 것이다.

우리는 모두 동굴에서 살았던 혈거인의 후예다. 혈거인들은 어두운 동굴 속에 살면서 언제 닥칠지 모르는 추위와 정체를 알 수 없는 들짐승 등 많은 공포 요소와 더불어 살아야 했다. 공포를 느끼지 않는 사람은, 그만큼 위험에 노출될 확률이 높았다. 우리가 그로테스크한 것들, 으스스하고 기이한 것들에 끌리는 이유는 결국 살기 위한 본능 때문이 아닐까. 우리의 유전자에 각인된 오랜 기억이, 우리가 일정량의 공포에 노출되도록, 그 속에서 살아갈 에너지를 얻도록 만드는 것이다. 그럼 호러를 보지 않기로 선택한 사람들은 조금 더 진화한 인간일까?

사람들은 왜 괴담을 좋아할까?

앞서 말했듯이 호러를 즐기지 않는 사람은 많다. 괴담은 어떨까?

나는 지금까지 괴담을 싫어하는 사람을 보지 못했다. 수련회나 워크숍에 가서 술을 마시고, 게임을 하고, 다들 지쳐서 그만 자러 가야 하나 고민할 때 누군가 무서운 이야기를 꺼내면 사람들의 눈이 초롱초롱해진다. 넓게 둘러앉았던 원의 지름이 좁아진다. 한 사람의 이야기가 끝나면 너 나 할 것 없이 자신의 공포 체험담을 얘기하느라 바쁘다. 그 분위기에서 난 무서운 이야기가 싫다며 도망치는 사람은 내가 경험한 바로는 없었다.

우리는 왜 괴담을 좋아할까? 괴담과 호러의 차이는 뭘까?

『시귀』, 『귀담백경』, 『십이국기』 등의 저자 오노 후유미는 호러와 괴담의 차이에 대해 다음과 같이 말했다.

"제 안에서 호러와 괴담은 달라요. 괴담은 기분 나쁜 일이 일어나지만 정체가 분명치 않죠. 가슴이 울렁거릴 만한,

불편한 공포가 묘미 아닐까요? 하지만 호러는 그곳이 출발점이죠. 거기서부터 이야기를 부풀려 나가야 해요."**

괴담은 실화에 바탕을 둔 척하는 이야기로 결말이 없다. 반면에 호러는 기승전결이 있는 이야기, 문학의 한 형태다. 호러 작가들은 현실과 환상을 오가며 온갖 방법을 동원해 독자들을 무섭게 하는 것이 자신의 소임이므로 최대한 그럴 법하게 무서운 세계를 그려낸다. 그러므로 호러 콘텐츠를 접할 때는 어느 정도 마음의 준비가 필요한 것이 사실이다. 그에 반해 괴담은 밑도 끝도 없이 시작해서 역시 밑도 끝도 없이 끝난다. 별다른 마음의 준비 없이 훅 들어와서 우리의 마음을 할퀴고 물러난다. 무엇보다 짧다.

재스퍼 드윗의 『그 환자』라는 소설이 있다. 자신을 담당한 의료진을 미치거나 자살하게 만드는 환자의 이야기다. 원래 이 소설은 미국 소셜 뉴스 사이트 '레딧(reddit.com)'에서 공개되어 인기를 끌었다. 나는 게시물과 소설 두 개 다 읽어 봤는데, 두 버전의 가장 큰 차이는 결말이다. 게시물은 뭐가 어떻게 된 건지에 대한 자세한 설명 없이 모호하게 끝난다. 전형적인 괴담이다. 소설은 기승전결을 갖추기 위해 결말을 만들어 냈다. 나쁘지는 않지

** 「웹소설 작가를 위한 장르 가이드7: 호러」, 김봉석, 김종일, 북바이북'에서 재인용

만 다소 작위적이라는 느낌이 들어 개인적으로는 매력이 덜했다. 다시 한 번 강조하자면 공포는 미지, 알지 못함에서 온다. '그것'의 정체가 밝혀지는 순간 사람들이 체감하는 공포는 반감된다. 영화 <콰이어트 플레이스>도 마찬가지다. 외계 생명체가 너무 적나라하게 모습을 드러내는 순간, 그리고 너무 자주 등장하는 순간 우리의 공포 세포는 말라 죽고 만다.

괴담 이야기를 하는 김에 유명한 괴담들의 예를 몇 가지 살펴보자.

첫째, 무용실 괴담이다. 1998년에는 <여고괴담>이라는 영화가 엄청난 인기를 끌었다. 해마다 여름이 되면, 학교 괴담을 소재로 한 영화가 끊임없이 나오듯이 학교는 괴담의 온상이다. 무용실 괴담은 엘리베이터 괴담처럼 간단하지만 제법 임팩트가 있다.

밤이 되면 무용실에 귀신이 나타난다는 소문이 돈다. 새로 부임한 무용 선생은 그 소문이 거짓이라는 걸 증명하기 위해 무용실에서 숙직을 서기로 한다. 그런데 귀신은커녕 생쥐 한 마리도 나타나지 않았다. 잠도 오지 않았다. 따분해진 무용 선생은 밤새 거울을 보며 춤을 춘다.

다음 날, 아이들이 정말 귀신이 없었냐고 묻자 무용 선생이 웃으며 말한다.

"귀신? 아무리 기다려도 안 나오길래 밤새도록 거울 앞에서 춤추며 놀았지."

"선생님, 지금 무용실에는… 거울이 없어요."

둘째, 동상 괴담이다. 학교에는 대개 동상이 있다. 그 동상이 밤이 되면 움직인다든가 그걸 본 사람에게 저주가 내린다든가 하는 식의 괴담이다. 내가 다니던 고등학교에는 날개 달린 말 동상이 있었는데, 말이 날갯짓하는 걸 본 사람은 서울대에 합격한다는 아름다운(?) 괴담이 있었다. 물론 본 사람은 없다.

셋째, 거울 괴담이다. 자정에 거울 앞에 물을 떠놓고 입에 칼을 물고 보면 미래의 배우자 모습이 거울에 나타난다는 괴담이었다. 거울을 보고 진짜로 남자의 모습이 비치는 것에 너무 놀라 입에 물고 있던 칼을 떨어뜨렸더니 나중에 남편 얼굴에 칼자국이 있더라는 변형된 버전도 있다. 나도 미래의 남편이 어떻게 생겼을지 몹시 궁금했지만, 입에 칼을 물 자신이 없어서 포기했다. 게다가 기껏 해 봤더니 거울에 아무것도 비치지 않는다면, 그건 그것대로 실망스러울 것 같았다.

이 밖에도 화장실이나 엘리베이터, 병원이나 장례식장에 얽힌 괴담도 많다. 요즘은 괴담 대신 도시 전설이라는 말도 종종 듣게 된다.

도시 전설은 뭘까? 괴담과는 어떻게 다를까?

도시 전설과 괴담은 굳이 구분하지 않고 쓰이는 경우가 많다. 굳이 따지자면 도시 전설은 괴담보다 현실성이 좀 더 가미된 이야기라고 볼 수 있다. 도시 전설은 꼭 무서운 이야기를 일컫지는 않는다. 예를 들어 밀폐된 공간에서 선풍기를 틀어 놓고 자면 질식사한다는 이야기는 대표적인 도시 전설이다. 일본에는 보행자 전용도로 표지판의 어른과 아이 그림이 유괴범과 납치된 아이의 모습을 담은 사진을 본따 그린 거라는 도시 전설도 있다.

세 번 보면 죽는 그림 같은 것도 도시 전설이다. 황량한 호숫가, 화장대처럼 거울이 달린 의자가 있고, 의자 위에 새하얀 얼굴의 눈이 큰 여자 머리가 올려져 있다. 이 그림은 폴란드의 초현실주의 화가 즈지스와프 벡신스키(Zdzisław Beksiński, 1929~2005)의 작품이다. 나는 이 그림을 세 번 봤지만 죽지 않았다. (하지만 굳이 보고 싶지 않은 독자들을 위해 그림은 넣지 않겠다. 궁금한 분은 인터넷에서 검색해 보시길!) 놀이공원에서 기구를 타다가 긴 생머리가 기계에 끼어 두피와 얼굴 가죽이 모두 벗겨져 죽었다는 이야기도 도시 전설이다. 한때는 산성비를 맞으면 대머리가 된다는 이야기가 유행하기도 했다. 산성비를 맞으면 인체와 피부에 해를 끼치고, 탈모를 일으킬 수도 있겠지만 산성비를 맞아 대머리가 됐다는 사람은 한 번도 보지 못했다. 아파트 앞 동에서 어떤 여자가 밤새 춤을 추는 줄 알았는데 알고 보니 목을 매고 죽은 거라더라, 어느 살인마가 남편을 살해하고 머리를 잘라서 인터폰에 보이게 하고, 남편인 척 문을 두드렸다더라 하는 이야기들도 도시 전설이다.

귀신과 관련된 도시 전설도 있다. 자유로에서 눈이 있어야 할 자리에 커다란 구멍이 파인 귀신을 봤다는 이야기나, 어떤 가수의 뮤직비디오에서 지하철 기관사 옆에 정체불명의 하얀 옷을 입은 귀신이 찍혔더라 하는 이야기도 유명하다.

괴담이건 도시 전설이건 본질은 '~카더라'다. 뭐가 어떻게 된 건지에 대한 설명은 없다. 다만 우리에게 상상할 거리를 던져 주는 것이다. 이런 이야기들은 행운의 편지처럼 우리 머릿속에 머물며 우리를 괴롭힌다. 괴로움을 덜 방법은 누군가에게 전파하는 것. 이런 매력 때문에 괴담은 사람들의 입에서 입으로 끊임없이 전해지는 게 아닐까?

끝으로 내가 좋아하는 호러 소설인 『원숭이 손』의 줄거리를 1인칭 시점—이 소설의 주인공은 50대 남성인 화이트 씨로 그에게는 아내와 아들 허버트가 있다—으로 각색해 소개해 보겠다. 『원숭이 손』은 영국 작가인 윌리엄 위마크 제이콥스가 1902년, 무려 120여 년 전에 쓴 소설로 괴담의 분위기를 내면서도 공포 문학으로서 손색이 없는 구조를 가졌다. 오래 사랑받는 작품에는 이유가 있는 법.

원숭이 손

며칠 전 밤이었어요. 다급히 문 두드리는 소리가 들렸죠. 문을 열어 보니 인도에서 함께 군 복무를 했던 모리스 하사가 창백한 얼굴로 서 있었습니다. 요즘 들어 통 연락이 없더니 이 밤에 무슨 일인가 싶어 어서 들어오라고 했어요. 그런데 그는 들어오지도 않고 저에게 불쑥 뭔가를 내미는 겁니다. 말라비틀어진 미라의 손 같은 흉측한 물건이었죠.

"이게 뭔가?"

"원숭이 손일세. 이건 매우 오래된 물건이야. 여러 사람의 손을 거쳐 나한테 왔지. 원숭이 손에는 세 가지 소원을 들어주는 능력이 있어."

"근데 그걸 왜 내게 주나?"

"이제 나한테는 필요 없거든."

"뭐?"

"난 마지막 소원으로 날 죽여 달라고 빌었네."

더 물어볼 틈도 없이 모리스 하사는 내게 원숭이 손을 떠

넘기듯 건네주고는 훌쩍 떠나 버렸습니다.

갑작스러운 방문과 예기치 못한 선물에 기분이 싸했지만, 평소에 엉뚱한 면이 있는 친구라 그 말을 전부 믿지는 않았어요. 저는 원숭이 손을 들고 낡은 소파에 걸터앉았지요. 아내가 오더니 무슨 일이냐고 물어 조금 전 있었던 일을 얘기했습니다. 그랬더니 아내가 밀린 집값이나 달라는 소원을 빌어보라는 겁니다. 저는 별다른 기대 없이 소원을 빌었어요.

"밀린 집값 200파운드가 생기게 해 다오."

그 순간이었습니다. 원숭이 손이 움찔 움직였습니다. 놀란 아내가 소리를 질렀고 자기 방에 있던 아들이 웬 소란이냐며 나왔습니다. 다 늙은 사람들이 허황된 이야기를 믿는 게 민망해서, 아들에게는 대충 얼버무리고 넘어갔습니다. 아내와 저는 찜찜하면서도 한편으로는 정말 신통한 물건이 아닐까, 더 큰 소원을 빌 걸 그랬나, 두런거리며 약간은 설레는 기분으로 잠이 들었어요.

다음 날 아침, 아들은 공장으로 출근을 했습니다. 원숭이 손은 꿈쩍도 하지 않았고 우리 부부에게도 별다른 일은 생기지 않았지요. 200파운드가 하늘에서 떨어질 리는 없었고, 아내와 저는 그럼 그렇지 하며 평상시처럼 점심을 먹고 있었습니다. 빵과 옥수수 수프를 먹고 차를 마실 즈음, "화이트 씨, 화이트 씨!" 문밖에서 저를 부르는 남자의 목소리가 들렸습니다. 문을 열어 보니 아들이 다니는 공장의 공장장이었습니다. 공장장의 표정에서 아들에게 뭔가 나쁜 일이 생겼다는 걸 알 수 있었죠.

"무슨 일입니까?"

"허버트가 죽었습니다. 기계가 오작동하면서 그만 그 사이로 빨려 들어갔어요."

"아… 아…"

망연자실한 제게 남자가 봉투를 건넸습니다.

"이게… 뭡니까?"

"위로가 되실지 모르겠습니다만, 보상금입니다."

"어, 얼마입니까?"

"200파운드입니다."

200파운드라는 말을 들은 순간 저는 그 자리에 주저앉고 말았습니다. 원숭이 손이 뒤틀린 방식으로 소원을 들어준 걸까요? 아니면 그냥 우연의 일치였을까요? 마지막 소원으로 자길 죽여 달라고 했다던 모리스의 말이 떠올랐습니다. 그 친구는 대체 어떤 일을 겪었길래, 앞의 두 가지 소원이 무엇이었길래 그런 소원을 빌어야 했을까요?

허탈한 심정으로 아들의 장례식을 치르고 돌아왔습니다. 수척해진 얼굴의 아내가 다가와 말했습니다.

"여보, 우리에겐 소원 두 개가 남았잖아요. 아들을 살려 달라고 빌어요!"

"저따위 불길한 물건은 다시 쓰고 싶지 않소."

"불길하건 뭐건 상관없어요. 우리 아들, 허버트를 다시 볼 수만 있다면요. 빨리, 빨리 빌어요!"

아내는 막무가내였고, 저는 결국 원숭이 손에게 아들을 살려 달라는 소원을 빌었습니다. 이번에도 원숭이 손이 알아들었다는 듯 움찔하는 바람에 그 흉물스러운 물건을 바닥에 떨어뜨리고 말았습니다.

얼마 후, 창밖의 바람이 거세지기 시작했습니다. 유령의 울음소리처럼 바람이 불어댔고, 그 사이로 기이한 소리가 섞여들었습니다. 지이익, 탁, 지이익, 탁….

무슨 소리인지 내다볼 용기는 없고 문만 노려보고 있는데, 쿵쿵, 갑자기 문 두드리는 소리가 들렸습니다.

"여보, 우리 허버트예요! 허버트가 살아온 거예요!"

아내가 소리치며 문을 열려고 했습니다. 그 순간, 저는 무서운 사실을 깨달았습니다. 저는 아들을 살려 달라고 빌었지, 아들을 멀쩡한 상태로 살려 달라고 하지 않은 것입니다.

"안 돼! 여보, 문을 열면 안 돼! 저건 우리 아들이 아니라고!"

문 두드리는 소리는 더욱 커지고 아내는 제게 비키라며 울부짖었습니다. 이걸 다시 돌릴 방법은 원숭이 손, 그 흉측한 물건밖에 없습니다. 저는 정신없이 원숭이 손을 찾았습니다. 원숭이 손은 탁자 밑에 떨어져 있었지요. 마침

내 바닥에 떨어진 원숭이 손을 집어 세 번째 소원을 빌었습니다. 요란한 노크 소리가 사라지는 동시에 아내가 문을 열었습니다. 밖에는 어둠뿐, 아무것도 없었습니다.

호러의 주인공들은 왜 하지 말라는 짓을 할까?

예로부터 호러의 주인공들은 반골 성향을 갖고 있다. 누가 하지 말라는 짓은 꼭 하고야 만다. 왜 그럴까? 단순히 이야기를 전개시키기 위해, 그게 호러 장르의 클리셰니까, 혹은 머리가 나빠서 비합리적인 선택을 하는 걸까? 이 질문에 그렇다고 답하면 호러의 주인공들이 너무 억울해할 것 같다. 호러의 주인공들은 절대 멍청하지 않다. 그런데도 하지 말라는 일을 하는 것은—좀 거창하게 들리지만—금기에 도전하고자 하는 인간의 욕망 때문이다. "에이, 무슨 소리야, 나는 그런 욕망 따위는 없어."라는 사람들을 위해 사고실험 하나를 해 보자.

당신은 산책하다 벤치에 걸터앉았다. 그런데 벤치 사이에 쪽지가 끼어 있다. 그 쪽지에는 "이 쪽지의 주인 외에는 절대 열어 보지 마시오."라고 적혀 있다. 여기서부터 내적갈등이 시작된다. 당신은 쪽지의 주인이 아니다. 하지만 쪽지의 내용이 궁금하다. 무슨 내용이길래 절대 열어 보지 말라고 했을까? 궁금하다. 쪽지를 집어 펼치고 싶은 마음을 억누른다. 글씨체도 허술한 걸 보니 아이들의 장난인지도 모르겠다. 분명히 행운의 편지 같은 장난일 것이다. 호기심을 이기지 못하고 펼쳐 볼 가치가 없다. 자리에서 일어나서 산책이나 계속하자고 생각하지만 궁금한 마음은 좀처럼 가라앉지 않는다. 혹시 저 쪽지가 어마어마한 상금이 걸린 게임으로의 초대장이라면? 혹시 저 쪽지에 보물을 묻어 놓은 장소가 표시되어 있다면? 혹시 저 쪽지 주인이 사실은 나라면? 쪽지를 뚫어지게 쳐다보고 있으려니 글씨체가 눈에 익은 것도 같다. 어디서 봤을까? 혹시 나를 아는 누군가가 내 산책로를 파악해 내게 고백을 하려는 건 아닐까? 저 쪽지에 독극물이 묻어 있어 만지는 순간 독이 온몸으로 퍼져 나가게 되는 건 아닐까? 장르를 넘나든 상상이 맥락 없이 이어진다. 아니, 아니다. 기본으로 돌아가자. 저 쪽지는 내 것이 아니다. 그러므로 열어 봐서는 안 된다. 하지만 저 쪽지는 한 번 열어 봤다 해서 사라지는 존재가 아니다. 주변에는 아무도 없다. 그렇다면 쪽지의 내용만 확인하자. 이대로 집에 돌아가면 분명 열어 보지 않은 것을 후회할 것이다.

당신은 결국 편지를 열어 본다. 거기에는….

과연 쪽지에는 무슨 내용이 적혀 있었을까? 그건 여러분의 상상에 맡기겠다.

인간에게는 호기심이 있다. 우리는 섣부른 호기심이 가져온 위험한 결과에 대해 보고 들어왔지만 호기심을 억누르는 일은 쉽지 않다. 푸른 수염은 아내에게 성의 모든 문을 열 수 있는 열쇠를 주며 "모든 방을 다 열어 봐도 좋다. 단, 지하실 구석의 작은 방만큼은 절대로 열지 말라."고 당부한다. 그 뒤에 일어날 일은 『푸른 수염』을 읽지 않아도 쉽게 예측할 수 있다. '분신사바의 추억'에서도 말했지만 사실 '절대로 ~하지 말라'는 말은 '반드시 ~해야 한다'는 주문이나 다름없다. 그렇지만 내가 하고자 하는 말은 호기심이 나쁘다는 얘기가 아니다. 오히려 정반대다.

호기심은 새롭고 신기한 것을 알고 싶어 하는 마음이다. 호기심이 없다면 사람들의 일상은 지루한 반복의 연속이 될 것이다. 인류의 역사는 호기심쟁이들, '하지 말라는 일을 굳이 하는 사람들'에 의해 발전했다. 남들이 안 된다고, 불가능하다고 믿는 일에 도전하는 사람들에 의해 변화해 온 것이다.

18세기 후반 이후 많은 사람이 하늘을 날기 위한 시도를 했다. 그들 중 성공한 사람도, 실패한 사람도 있지만 라이트 형제는 세계 최초로 동력을 이용한 비행에 성공했다는 평가를 받는다. 하지만 그들의 어머니는 어떤 심정이었을까? 형제가 위험한 일을 하지 않고 계속 자전거 가게를 하면서 살기를 바라지 않았을까? 한편으로는 그런 마음도 있었겠지만, 포기하지 않고 도전하는 형제를 누구보다 응원했을 것이다.

호러를 보는 내 마음도 같다. 등장인물들이 어리석은 선택을 할 때마다 아, 또 사망 플래그를 하는구나 싶어 마음을 졸이면서도 앞으로 닥칠 고난을 잘 헤쳐 나가라는 응원을 보내니까. (그래도 제발 "나 돌아올게." 따위의 대사는 하지 않았으면 좋겠다.)

호러의 해피 엔딩은 무엇일까?

해피 엔딩은 주인공의 욕망이 이뤄진 상태다. 각각의 장르에는 독자가 기대하는 해피 엔딩이 있다.

미스터리에서는 범인을 밝혀 내는 것이 해피 엔딩이요, 로맨스에서는 남자 주인공과 여자 주인공이 시련과 역경을 극복하고 결혼에 골인하는 것이 해피 엔딩이다. 스릴러의 주인공은 진실을 밝히고 살아남아야 한다.

그렇다면 호러에서 해피 엔딩은 무엇일까?

호러에서 주인공의 목표는 괴물이나 자연재해, 때때로는 죽음 그 자체의 추격에서 살아남는 것이다. 그러므로 주인공의 목표가 성취되면 일단 해피 엔딩으로 봐야 할 것이다. 피를 뒤집어쓰고 여기저기 다치고도 살아남은 주인공이 거친 숨을 몰아쉴 때 관객들도 덩달아 한숨을 쉬게 된다. 하지만 호러 영화의 마무리는 개운치 않은 경우가 대부분이다. 갖은 고생 끝에 거대한 악어, 엘리게이터의 습격에서 벗어났더니 하수도에 새끼 엘리게이터가 도사리고 있는 장면으로 끝이 나기도 하며, 죽은 줄 알았던 가면 살인마가 살아 있는 모습을 보여 주며 엔딩

크레디트가 올라가기도 한다. 이것은 단순히 속편을 만들기 위한, 그러니까 상업적인 목적을 위해서만은 아니다. 끝나지 않는 공포를 암시하는 것이다.

호러 속 주인공들은 언제 다시 닥쳐올지 모르는 악몽 속에서 살아간다. 살인마들은 주인공들이 지난 악몽을 잊고 행복을 누리는 순간에 돌아온다. 생존 게임에서 간신히 탈출해서 살아남았더라도 얼마 후에는 다시 초청장이 날아온다.

사극에서는 "밤새 안녕하셨습니까?"라는 아침 인사를 볼 수 있다. 예전에는 의료 기술이 지금처럼 발달하지 않았으므로 밤사이 죽는 일, 돌연사가 훨씬 많았다. 전쟁으로도 많은 사람이 죽었다. 그래서 아침에 만나면 "밤새 안녕하셨습니까?" 또는 "별고 없으시죠?"라는 인사를 했다고, 이것이 줄어들어 오늘날의 "안녕하십니까?"라는 인사가 되었다고 한다.

현대를 살아가는 우리도 많은 위험에 노출되어 있기는 매한가지다. 당장 사회면의 기사만 봐도 그렇다. 건물 옥상에서 갑자기 무언가 떨어지고, 공장에서는 폭발 사고가 난다. 폭우로 차가 침수되어 겨우 탈출하기도 한다. 교통사고의 위험은 말할 것도 없다. 우리가 하루하루 살아가는 일은 어찌 보면 삶과 죽음의 경계를 걷는 것이다. 죽음은 우리 삶에 밀착되어 있다. 그런데도 우리는 죽음을 인식하지 않고 살아간다. 생각해 보면 매일 죽음의 공포에 시달리면서는 일상생활이 불가능할 것 같다. 죽음을 망각하는 것은 인간이 생존하기 위해 프로그래밍된 체계인지도 모른다.

다시 호러의 결말로 돌아가 보자.

유령, 혹은 귀신의 원한을 풀어 주고 피 흘리던 귀신이 살아생전의 아름다운 모습을 되찾고 온화한 빛에 싸여 하늘로 올라가는 결말은 해피 엔딩일까? 애당초 귀신은 우리와 같은 사람이었다. 억울한 일을 당하지 않았으면 죽지 않았을 텐데, 가해자를 벌한다고 해서 피해자가 해를 입기 이전으로 돌아갈 수는 없다. 그래서 나는 이런 결말도 완전한 해피 엔딩으로 여겨지지는 않는다. 힘을 합쳐 절대악인 괴물을 물리치는 결말도 있지만, 거기에 이르기까지 너무 많은 희생이 있었다.

한편 호러의 결말에서는 죽음이 오히려 축복이라는 생각이 들 때가 있다. (지금부터 스포일러가 있으니 해당 작품의 결말을 알고 싶지 않다면 흐린 눈으로 넘어가자.)

클라이브 바커의 소설을 원작으로 한 영화 <미드나잇 미트 트레인>이 그 대표적인 예라고 할 수 있겠다.

주인공 레온은 성공하고 싶은 사진작가다. 그는 생동감 넘치는 사진을 얻기 위해 뉴욕의 밤거리를 헤매다 지하철에서 수상한 남자(마호가니)를 발견한다. 설명할 수 없는 이끌림으로 마호가니를 미행하며 사진에 담는 레온. 낮에는 도축장에서 일하는 마호가니는 밤이 되면 지하철에서 살인을 저지르고 그것을 어디론가 '배달'한다. 그러나 경찰도, 여자친구 마야도 레온의 말을 믿어 주지 않는다. 마호가니가 살인하는 장면을 촬영하다 딱 걸린 레온은 도축장의 고기처럼 지하철에 거꾸로 매달리는 신세가 된다.

어두운 지하철 안에서 레온을 공격하는 정체불명의 검은 존재. 꼼짝없이 죽는다고 생각했던 레온은 가슴에 기이한 문양의 상처만 입은 채 살아 돌아온다. 그제야 레온의 말을 믿게 된 마야는 남자친구를 돕기 위해 한밤의 지하철에 타고, 마호가니를 만나 죽을 위험에 처한다. 이를 발견한 레온은 마호가니와 사투 끝에 그를 열차 밖으로 떨어뜨리지만, 지하철이 도착한 곳은 평범한 플랫폼이 아니다. 바로 그때 죽은 줄 알았던 마호가니가 레온에게 달려들고, 어디선가 나타난 기관사가 그를 처치한다. 죽어가는 마호가니는 의미심장한 미소를 지으며 "환영한다."고 말한다. 그리고 나타난 괴생명체들. 기관사는 '그들'이 인류의 역사가 시작되기 전부터 살아오던 존재며 인육을 바침으로써 그들과 공존한다고 한다. 마호가니는 그들에게 고기를 바치는 도살자였으며 이제부터 레온이 그 역할을 할 것이라고.

악마의 하수인으로 살아가는 결말은 영화 개봉 당시

에 관객들에게 충격과 찜찜
함을 주었다.

넷플릭스의 <러브, 데스+
로봇> 시즌 3의 에피소드인
'스웜'의 결말도 개운치 않다.

주인공 아프리엘 박사는
군집 생물인 '스웜'을 연구하
기 위해 스웜이 거주하는 행

넷플릭스 시리즈
<러브, 데스+로봇>(2019~)

성에 간다. 그곳에는 아프리엘보다 먼저 스웜을 연구하
던 갈리나 박사가 있다. 갈리나는 지적 능력이 없는 스웜
이 다른 생명체와 교류할 수 있는 시스템을 갖춘 사실을
놀라워하고, 스웜을 아름답다고 생각한다. 그러나 아프
리엘은 스웜을 인간을 위한 노예로 만들려는 계획을 갖
고 왔다. 반대하는 갈리나에게 아프리엘은 "스웜에게 지
적 능력이 없으므로 지금이나 인간을 위한 삶이나 다르
지 않다."며 설득한다. 결국 갈리나는 아프리엘의 계획을
돕고 그가 몰래 가져온 페로몬을 이용해 자신들을 위한
스웜 군집을 만든다. 그러나 계획은 곧 발각된다. 아프리
엘은 전투형 스웜에게 공격받고 거대한 스웜 앞에 끌려
가는데, 다름 아닌 갈리나의 뇌에 촉수를 심은 모습이다.
자아를 잃고 스웜에게 흡수되어 살아가는 일, 죽음이 오
히려축복이라는 생각이 들지 않는가?

신들을 속인 시지프스는 커다란 바위를 산꼭대기로

밀어 올리는 형벌을 받았다. 시지프스는 바위를 힘겹게 정상까지 밀어 올리지만, 이 바위는 정상에 다다르면 다시 아래로 떨어진다. 시지프스가 받은 형벌의 끔찍함은 영원성—무한 반복 재생—에 있다. 프로메테우스는 어떤가. 인간에게 불을 훔쳐다 준 프로메테우스는 제우스의 노여움을 사게 되었다. 그는 코카서스 바위에 묶여 독수리에게 간을 쪼아 먹히지만, 울버린과 같은 재생 능력으로 다음 날이면 새로 생긴 간을 다시 쪼아 먹히는 고통을 당해야 했다.

그렇기에 호러의 주인공들은 시지프스요, 프로메테우스다. 부디 호러의 주인공들이 행복하고 무탈한 일상을 누리길 바란다. (더 끔찍한 속편이 나오기 전까지는!)

영화 <검은 사제들>은 악마에 빙의된 소녀를 구하려는 사제들의 퇴마 의식을 다룬 전형적인 오컬트 영화다. 누가 봐도 호러 영화라는 말이다. 그런데 포털 사이트 영화 소개 페이지를 보면 장르 구분이 '미스터리, 드라마'라고만 나와 있다.

<곡성>은 어떤가. 낯선 외지인이 나타난 후 마을에서 의문의 연쇄 살인 사건이 벌어진다. 경찰은 집단 야생 버섯 중독으로 판단하지만 모든 사건의 원인이 외지인이라는 소문이 퍼져 나갔다. 주인공 종구의 딸도 피해자들처럼 이상한 증상이 나타나고, 다급해진 종구는 무속인을 불러 굿을 한다. 줄거리만 봐도 전형적인 오컬트 영화라는 걸 알 수 있다. 그러나 <곡성>도 영화 소개에는 '미스터리, 스릴러, 드라마'라고만 소개되어 있다. 두 영화 어디에도 호러라는 말은 없다.

호러는 홍길동인가? 홍길동이 아버지를 아버지라 부르지 못하고 형을 형이라 부르지 못하는 것처럼, 호러를

호러라고 부르지 못하는 이유는 무엇인가?

그것은 바로 호러의 진입장벽 때문이다. 앞서 언급했 듯이, 일단 호러라는 딱지가 붙으면 거들떠보지도 않는 사람들이 있다. 이들은 호러의 "호"라도 말할라치면 "난 호러 안 봐요."라며 손사래를 친다. 그렇기 때문에—호러 팬들을 겨냥해 만든 영화나 여름철 납량 특집으로 기획 된 작품을 제외하고—많은 제작비를 들여 영화를 만든 제작사에서는 대놓고 호러라고 홍보하지 않는 것이다.

미스터리라는 그럴듯한 장르로 포장해서 개봉하면 호러를 좋아하는 사람들은 줄거리나 트레일러만 보고 도 단박에 호러라는 걸 알아차리고, 그렇지 않은 사람들 은 미스터리, 스릴러라는 말에 약간 경계를 늦추며 영화 관에 들어서게 될 테니까.

미스터리의 탈을 쓴 덕분일까. <검은 사제들> 관객 수 는 544만 명, <곡성>은 687만 명으로 흥행에 성공했다. 공포 장르로 개봉한 <기담>(64만 명), <곤지암>(267만 명), <더 웹툰: 예고살인>(120만 명)과 비교하면 차이를 실감 할 수 있다. 그런데 우리나라에는 천만 관객을 돌파한 호 러 영화들이 있다. <부산행>(1,157만 명), <괴물>(1,091만 명), <기생충>(1,031만 명)이다. (2024년 3월 말 기준, <파묘> 도 천만 관객을 돌파했다.) 영화 정보를 찾아보면 <부산행> 은 액션, 스릴러, <괴물>은 모험, 액션, 스릴러, 코미디,

드라마, SF, 판타지―이 많은 장르 중 호러는 없다!―<기생충>은 드라마라고 나와 있다. 그러나 <부산행>은 좀비물이다. 좀비물은 대표적인 호러의 하위 장르이나 굳이 장르 구분을 따지지 않더라도 좀비 바이러스가 창궐하고 사랑하는 사람들이 좀비로 변하는 상황은 두렵고 끔찍하다.

<괴물>은 전형적인 크리쳐물이다. 도시 한복판에 괴물이 등장하고 무차별적으로 사람들을 공격한다. 그런데 <기생충>은 왜 호러냐고 반문하는 사람들이 있을 것 같다. 내 집에 내가 모르는 누군가가 살고 있다는 이야기는 하우스 호러의 문법을 차용한 이야기다. 물론 일반적인 장르로서의 호러는 아닐 것이다. 하지만 <기생충>이 계층 갈등의 공포를 호러라고 규정된 어떤 영화보다 더 잘 보여 주고 있다는 사실을 부정할 사람은 없을 것이다. 영화 <숨바꼭질>도 '내 집에 누군가가 살고 있어'라는 문법을 따른다. (장르 구분은 스릴러라고만 되어 있다.)

호러 기피자들이 간과하는 사실이 있다. 그들은 호러라고 이름 지어진 것을 안 보는 것뿐이다. 호러 요소는 소금처럼 영화의 긴장감을 더해 준다. 호러 감각을 탑재한 눈으로 바라본다면, 호러는 어디에나 있다. 그러니 우리 모두 호러에 대한 편견을 거두고 열린 마음으로 호러를 바라보자.

4장.
**호러 거장들의
삶과 작품**

내가 '나' 아닌 다른 무엇이라면,
러브크래프트의 「인스머스의 그림자」

하워드 필립스 러브크래프트(1890~1937)는 호러 장르를 말할 때 절대 빼놓을 수 없는 작가다. 동시에 그를 사랑하는 독자들에게 양가감정을 불러일으키는 작가이기도 하다. 그가 인종차별주의자였기 때문이다.

아무리 작가와 작품이 별개라고 해도 작품에는 작가의 생각이 녹아 들어갈 수밖에 없다. 그래서 그의 작품을 읽다 보면 묘한 기분에 휩싸이곤 한다. 1920년대를 배경으로 한 「레드 훅의 공포」에서는 당시 미국으로 유입된 이민자들을 향한 혐오—지저분한 혼혈인들이 얽히고설켜 사는 미로 같은 곳, 입술이 흑인처럼 징그럽게 생긴 아랍인—가 적나라하게 드러난다. 어려서부터 러브크래프트의 팬이었다는 빅터 라발은 그가 인종차별주의자라는 사실을 알고 내적갈등을 겪었다고 한다. 그리고 러브크래프트에 대한 헌정인 동시에 날카로운 비판을 담아 「레드 훅의 공포」를 재해석한 『블랙 톰의 발라드』를 썼다. 『블랙 톰의 발라드』에는 "엇갈리는 심경으로 H. P. 러브크래프트에게 바친다."*라는 헌사가 쓰여 있다.

빅터 라발은 이 작품으로 셜리 잭슨 상과 영국환상문학상을 수상했다.

「레드 훅의 공포」만큼 직접적이지는 않지만 「인스머스의 그림자」에서 독특한 외모의 '인스머스 사람'을 향한 적개심과 혐오가 담긴 묘사를 읽다 보면 역시 이민자의 모습과 겹쳐져 마음이 편치만은 않다. 하지만 그런 비판적인 시각을 걷어내고 보면 「인스머스의 그림자」는 우리에게 꽤 철학적인 질문을 던지는 작품이다.

이 작품에서 주인공은 어머니의 고향인 아캄(러브크래프트가 만든 가상의 도시)에 가기 위해 열차를 타려다 역무원으로부터 '악마의 마을'로 취급받는 인스머스에 대한 이야기를 듣게 된다. 흥미가 생긴 주인공은 인스머스를 경유하는 아캄행 버스를 탄다. 인스머스에 들려 시내를 구경하다 저녁 8시 버스를 타고 아캄에 갈 예정이었다. 호기심 많은 주인공은 주정뱅이 노인을 찾아가 인스머스의 과거─어떻게 인스머스에는 물고기가 넘쳐나게 됐는지, 왜 인스머스 주민들의 생김새는 코가 납작하고 물고기처럼 툭 튀어나온 눈을 가졌는지 등등─에 대해 듣는다. 예상보다 끔찍한 이야기에 주인공은 어서 인스머스를 벗어나려 하지만 아캄으로 가는 버스는 알 수 없

• 『블랙 톰의 발라드』, 빅터 라발, 이동현 역, 황금가지, 2019

는 고장으로 운행이 중단된다. 어쩔 수 없이 호텔에 묵게 된 주인공은 마을 사람들에게 쫓겨 정신을 잃는데… 이 이야기에는 반전이 있다. 반전의 힌트는 내가 붙인 소제목—내가 '나' 아닌 다른 무엇이라면—에 있다. 조금 더 쉽게 말하면 「인스머스의 그림자」의 주인공에게는 출생의 비밀이 있다. 주말 드라마에서 아직도 '출생의 비밀'이라는 클리셰를 쓰는 이유는 내 핏줄 속에 내가 모르는 누군가 혹은 무언가의 피가 흐르고 있다는 사실이 낯설고 충격적이기 때문일 것이다. 결말을 풀어 놓고 싶어 손가락이 근질근질하지만 여러분이 직접 읽는 즐거움을 해치지 않기 위해 참아야겠다.

러브크래프트의 작품은 템포가 느리다. 사건보다는 묘사로 공포 분위기를 만든다. 배경을 어찌나 자세히 그리는지 가끔은 참을성이 바닥나기도 하지만, 겁에 질린 사람이 천천히 지하실을 둘러보듯 차근차근 보여 주며 우리가 모르는 새로운 공포의 올가미를 씌운다. 그러므로 그의 작품을 읽다 보면 저 멀리 수평선의 안개 속에 묻힌 그림자가 어두운 바닷속으로 숨었다가 다시 나타나고 나타날 때마다 조금씩 가까워지는 듯한, 아무리 눈을 깜빡여 봐도 그림자의 정체를 알 수 없는 느낌이 든다. 그러다 갑자기 눈앞에 드러난 공포는 내 힘으로 대적할 수 없는, 말로 표현하기 어려우나 인류의 멸망을 불러

올 것이 확실한 무언가이다.

러브크래프트의 작품이 궁금하다면 <러브크래프트 전집>을, 러브크래프트라는 작가에 대해서 알고 싶다면 그가 쓴 에세이 『공포 문학의 매혹』이나, 미셸 우엘벡이 쓴 『러브크래프트: 세상에 맞서, 삶에 맞서』를 읽어 보자. 내가 특히 좋아하는 작품을 다섯 개만 고르라고 한다면 「인스머스의 그림자」, 「니알라토텝」, 「에리히 잔의 선율」, 「광기의 산맥」, 「우주에서 온 색채」라고 하겠다.

신이시여 내 불쌍한 영혼을 돌보소서,
에드거 앨런 포의 「검은 고양이」

"신이시여 내 불쌍한 영혼을 돌보소서."

에드거 앨런 포(1809~1849)의 마지막 말이다. 어떤 삶을 살면 생의 끝자락에 자신을 불쌍한 영혼이라고 할까?

근원적으로 들어가면 인간은 모두 불쌍하고, 우리는 누구나 어느 정도의 자기연민을 갖고 있다. 그러나 에드거 앨런 포의 마지막 말은 단순한 자기연민이라고는 할 수 없다. 다른 이의 삶을 재단하는 걸 좋아하진 않지만 그의 삶은 확연히 불행했다. 일찍 부모를 잃고 극도로 궁핍한 생활을 하고 사랑하는 여인을 잃고—본인이 자초한 면이 있지만—알코올 중독에 빠졌다.

그의 정신이 몹시 불안했으리란 건 단편 「검은 고양이」에서 잘 나타난다. 화자와 작가는 별개의 존재라는 걸 누구보다 잘 알면서도, 1인칭 주인공 시점으로 서술되는 문장을 따라가다 보면 시커멓게 썩어들어간 포의 내면을 엿보는 느낌이다.

어떤 사람은 포의 작품 중에서 서정적인 사랑을 읊은

<에너벨 리>를, 어떤 사람은 절망의 정서가 'nevermore'라는 단어로 응축되어 드러난 <갈가마귀>를 좋아하겠지만 나는 산문형 인간인지라 「검은 고양이」를 가장 좋아한다.

「검은 고양이」의 주인공 '나'는 폭음을 통해 기질과 성정이 포악해졌다. 아내에게도 폭행을 휘둘렀고 급기야 자신이 아끼던 고양이 플루토의 한쪽 눈을 도려내고 그것도 모자라 목매달아 죽인다. 그의 광기는, 자기보다 약한 것에 분노를 표출하는 인간의 악한 본질을 여실히 드러낸다. 고양이를 죽인 날, 그의 저택은 불타 버린다. 얼마 후 그는 가슴에 있는 커다란 흰색 반점을 제외하고는 플루토를 꼭 닮은 검은 고양이를 만난다. 그 고양이는 플루토처럼 한쪽 눈이 없었고, 흰색 반점은 교수대 모양이었다. 고양이는 주인공을 따라오고 플루토를 잃은 슬픔에 잠겨 있던 아내는 고양이를 아낀다. 고양이에 대한 증오와 죄책감에 시달리던 그는 계단에서 고양이에게 걸려 넘어질 뻔한 일로 도끼를 휘두르다 아내를 죽인다. 놀랍게도 슬픔은 없다. 그는 아내를 살해한 즉시 다양한 방법으로 시체를 숨기는 일에만 골몰한다. 그가 선택한 방법은 시체를 벽 속에 넣고 회반죽을 바르는 것.

며칠 후 경찰관들이 집에 들이닥쳤지만 그는 여유만만한 모습으로 팔짱을 낀 채 걸어 다니다 지나친 오만으로 아내의 시체가 서 있는 벽돌 부분을 세게 두드린다. 순간 벽 아래에서 들려오는 아기 울음소리. 희미한 소리는 점점 크고 길게 이어지는 울부짖음으로 바뀐다. "고통에 겨워 신음하는 저주받은 자들의 목구멍과 저주를 퍼부으며 기뻐 날뛰는 악마들의 목구멍에서 동시에 터져 나오는 소리 같은" 울부짖음. 무너지는 벽. 그리고 핏덩이가 말라붙은 시체의 머리 위에 외눈을 뜨고 앉아 있는 검은 고양이.

열 살쯤 이 작품을 처음 읽었을 때, 나는 이 마지막 이미지에 사로잡혔다. 반쯤 드러난 해골 위에서 시뻘건 입을 벌리고 억울한 죽음을 고발하는 고양이. 그때 나는 왜 아내를 죽인 주인공보다 시체 머리 위에 앉아 있는, 한쪽 눈이 없는 고양이가 더 무섭게 느껴졌을까?

포의 죽음은 지금까지도 미스터리로 남아 있다. 1849년 10월 3일 볼티모어의 길거리에서 정신착란 상태로 발견된 그는 병원으로 옮겨졌지만 10월 7일 새벽 끝내 숨을 거두었다. 사촌동생이자 아내인 버지니아가 죽은 뒤 2년 만이었다. 사인은 폭음으로 알려졌으나 콜레라에 걸렸다, 광견병에 걸린 개에 물렸다 등 그의 죽음에 대해서는 여러 설이 난무한다. 2012년에는 존 쿠삭 주연의 <더 레이븐>이라는 영화로 만들어졌는데 어둡고 무거운 분위기와 달리 수박 겉핥기식의 연쇄 살인물이 되고 말았다. 누군가 포의 죽음이 아닌, 삶에 초점을 맞춘 진지한 드라마를 만들어 주면 좋을 텐데. (영화 <페일 블루 아이>에서 탐정을 도와 웨스트포인트 육군사관학교에서 일어난 사건을 해결하는 영리한 생도로 나왔지만 <문호 스트레이독스>의 다자이 오사무만큼이나 미화된 캐릭터로 실제 삶과는 거리가 멀다.)

유령은 우리 마음속에 있다, 셜리 잭슨의 「제비뽑기」

"6월 27일 아침은 날이 맑고 햇볕이 눈부시게 내리쬐었으며 완연한 여름날답게 싱그러운 온기로 가득했다."**

셜리 잭슨(1916~1965)의 단편집 『제비뽑기』의 표제작인 「제비뽑기」(1948)의 첫 문장이다. 이렇게 아름답고 평화로운 분위기로 시작한 이야기는 진행될수록 독자의 고개를 갸웃하게 하고, 입을 벌어지게 하다가, 결말에선 서늘한 한 방을 선사한다. 첫 문장과 마지막 문장의 온도 차를 보여 주고 싶지만 스포일러가 되니 꾹 참겠다. 그래도 한마디는 해야겠다. 이 작품에서 드러나는 '나만 아니면 돼'라는 인간의 본능은 21세기를 사는 우리에게도 해당되기에 더욱 불편하게 다가온다는 것.

이 단편집에서 내가 가장 좋아하는 작품은 「제비뽑기」지만 25편이나 되는 다른 작품들을 보는 재미도 쏠쏠하다. 대부분 짤막한 이야기고 어떤 작품들은 5~6페

** 『제비뽑기』, 셜리 잭슨, 김시현 역, 엘릭시르, 2014

이지 분량이다. 순서대로 읽을 필요는 없다. 아이스크림을 골라 먹듯 끌리는 제목을 고르면 된다. 다만 셜리 잭슨에 처음 도전하는 사람이라면 「유령 신랑」, 「소금기둥」, 「치아」는 빼놓지 말자. 이 단편들은 외부 세계와 정신적으로 고립된 여성의 불안감을 잘 나타내고 있다. 수많은 호러 소설을 읽었지만, 작품을 읽으면서 나까지 불안해져서 현기증이 난 건 이 책이 처음이었다. 불안한 심리 묘사는 셜리 잭슨의 장기다. 그의 삶 자체가 조금만 건드려도 깨지기 쉬운 얇은 유리 같았기 때문일까.

이 단편집의 또 다른 재미는 곳곳에 등장하는 제임스 해리스를 찾는 것이다. 푸른 양복을 입은 제임스 해리스는 정체를 알 수 없는 수수께끼의 인물이다. 그는 소설 속 인물들과 느슨하게 혹은 촘촘하게 엮이며 등장인물의 불안을 더하는데, 불안은 쉽게 공포로 변질된다.

「유령 신랑」에서 제임스 해리스는 주인공의 결혼 상대이지만 끝내 등장하지 않는다. 결혼식 날 사라져 버린 그를 찾아다니며 점점 붕괴해 가는 주인공을 지켜보다 보면 독자들도 식은땀을 흘리게 된다. 「치아」에서도 마찬가지다. 클라라는 뉴욕에 있는 치과에 가는 길에 푸른 양복을 입은 짐이라는 남자를 만난다. 그는 클라라를 유혹하는 듯 머나먼 곳으로의 여행에 대해 말한다. 「마녀」도 빼놓을 수 없다. 아이에게 기괴한 농담을 하는 할아버지는 푸른 양복을 입고 있다. 우리는 그가 제임스 해리스라는 사실을 유추할 수 있고, 그가 한 말들은 농담을 넘어 섬뜩하게 다가온다.

앞에서도 말했듯이 이 단편집에 수록된 작품들은 분량이 짧다. 휴가철, 바다에서 수영하다가 선베드에서 쉴 때 모히토 한 잔을 마시면서 볼 수 있는 분량이다. 그러나 빨리 읽어서는 좀처럼 재미를 느낄 수 없다. 천천히 행간을 곱씹어 읽을 때 작가가 지뢰처럼 숨겨 놓은 공포가 스멀스멀 올라오는 경험을 할 수 있을 것이다.

「제비뽑기」에서는 귀신이나 유령이 공포를 유발하지는 않는다. 셜리 잭슨이 천착한 주제는 일상에서 마주치는 평범한 악이다. 우리는 종종 "사람이 무섭지, 귀신이 무섭냐?"는 말을 한다. 그의 작품 속에서도 진정 무서운 건 불가해한 인간의 악의이다. 유령은 우리 마음속에 있다.•••

••• 출처: "더운 밤 뒷덜미 서늘하고 싶다면⋯ 여성 소설가 3인이 추천하는 공포 소설 3편" 중 '불가해한 악의 마음⋯ 유령은 어쩌면 나' 〈경향신문〉, 2022.8.5

사랑합니다, 주인님, 오직 주인님뿐입니다,
조이스 캐롤 오츠의 『좀비』

제목만 보면 당연히 언데드, 좀비를 떠올릴 것이다. 그런데 표지를 자세히 보면 '어느 살인자의 이야기'라는 부제가 붙어 있다. 이 부제는 영문판에는 없다.

조이스 캐롤 오츠는 희대의 연쇄 살인범 제프리 다머의 이야기를 토대로 이 소설을 썼다. 제프리 다머의 이야기는 최근 넷플릭스의 범죄 드라마 <다머>로도 만들어졌는데 <아메리칸 호러 스토리>로 친숙한 에반 피터스—엑스맨에서 퀵실버로 열연하기도 했다—가 제프리다머를 열연한다.

이 책을 처음 봤을 때 왜 제목이 『좀비』인지 가장 궁금했다. 조이스 캐롤 오츠는 이에 대한 정보를 조금씩 주는데 6장에서 쿠엔틴은 자신이 관리인으로 일하는 건물에 입주한 파키스탄 대학원생을 보며 "라미드는 좀비로 만들기엔 안전한 대상이 아닐 것"이라고 한다. 그리고 9장에 가면 "내 마음대로 조종할 좀비를 만들자는 아이디어를 처음 떠올린 것은 5년 전이었다."라고 말한다. 그는 전두엽 절제 수술을 통해 좀비를 만들려고 하지만 매번 실패한다. 15장에서 그는 자신만의 '좀비론'을 펼친다.

> 진정한 좀비는 영원히 내 것이 될 것이다. 그는 모든 명령과 변덕에 복종할 것이다. "네, 주인님", "알겠습니다, 주인님" 하면서. (중략) "사랑합니다, 주인님. 오직 주인님뿐입니다."
>
> 그렇게 될 것이고 그런 존재일 것이다. 진정한 좀비는 '아니다'라는 말은 한마디도 할 수 없고 오직 '그렇다'라는 말만 할 수 있으니까. (중략) 내 좀비는 "주인님은 선하십니다. 주인님은 친절하시고 자비로우십니다."라고 말할 것이다. "퍼런 내장을 쏟아낼 때까지 마음껏 농락하십시오, 주인님."이라고 말할 것이다. ••••

조이스 캐롤 오츠는 이 소설에서 마치 살인마에게 빙의한 듯 쿠엔틴의 혼란스러운 정신 상태와 자의식 과잉을 쿠엔틴의 언어로 표현하고 있다. 대부분 '나는'이라는 1인칭으로 쓰여 있지만 때로 "Q_ P_가 공학도가 될 거라는 결정이 내려졌다."라는 문장처럼 자신을 3인칭으로 표현하기도 한다. 심지어 그림까지 그려져 있는데, 내가 읽고 있는 것이 소설이 아니라 진짜 살인마의 일기일지

•••• 「좀비」, 조이스 캐롤 오츠, 공경희 역, 포레, 2012

도 모른다는 착각이 들었다.

대중매체에서 사이코패스는 너무 과장되게 그려지는 경향이 있다. 때로는 <덱스터>처럼 나쁜 놈을 골라 죽이는 사이코패스로 미화되기도 한다. 영국 드라마 <셜록>에서도 셜록 홈스는 스스로를 고기능 소시오패스라고 부른다. 이런 이야기들은 나름대로 서사적인 재미를 지니지만 현실과는 거리가 멀다. 미스터리나 범죄 수사물에 관심이 많았던 나는 로버트 헤어의 『진단명 사이코패스』나 사이먼 배런코언의 『공감 제로』, 마사 스타우트의 『이토록 친밀한 배신자』를 비롯하여 사이코패스 혹은 소시오패스와 관련된 서적을 많이 탐독했다. 그러한 책들은 그들의 뇌 구조가 얼마나 다른지, 왜 일반인의 눈으로 그들을 이해할 수 없는지 상세하게 말해 준다. 그래서 나는 사이코패스의 '역겨움'을 그대로 보여 주는 <살인마 잭의 집>이나 지금 소개하는 『좀비』, 그리고 <다머> 같은 작품을 좋아한다.

조이스 캐롤 오츠는 다작하는 작가다. 스펙트럼도 매우 넓어서 호러뿐만 아니라 SF, 리얼리즘, 청소년 소설 등 다양한 작품 세계를 보여 준다. 브램스토커 상, 세계 환상문학상, 전미도서 상 등 많은 상을 수상한 그는 매년 유력한 노벨문학상 후보로 거론된다. 조이스 캐롤 오츠에 입문하는 사람이라면 단편집을 보는 것도 좋겠다. 나를 조이스 캐롤 오츠의 팬으로 만든 「화석형상」이 실린 『악몽』, 고딕 소설의 분위기에 소녀들의 미묘한 심리를 섬세하게 그린 『홍가』, 지금은 절판 상태지만 언젠가 재출간되길 바라는 중편 네 편이 실린 『이블 아이』 등에 실린 작품들은 무엇 하나 소중하지 않은 것이 없다.

조이스 캐롤 오츠에 관심이 생겼지만 호러 색이 없는 작품을 원한다면 넷플릭스에서 공개된 영화 <블론드>의 원작 소설을 보는 것도 좋겠다. 아직 블론드로 염색하기 전, 갈색 곱슬머리인 '노마 진 베이커'의 사진에서 영감을 얻어 써 내려간 이야기라고 한다. 그는 마릴린 먼로의 이야기를 통해 20세기 중반, 남성 중심적인 할리우드 제작 시스템과 문화계 블랙리스트 등을 고발한다.

그 불길함은 소용돌이 때문이야,
이토 준지의 『소용돌이』

이토 준지(1963~)의 세계는 그로테스크하다. 기이한 존재가 등장하거나 기괴한 현상이 발생하는 경우가 압도적으로 많다. 자신과 똑같이 생긴 거대한 얼굴 모양의 애드벌룬이 나타나 올가미로 목을 졸라 죽이는 「목 매는 기구」, 산의 경사면에 단층이 나타나는데 단층에는 사람 모양을 한 구멍이 무수히 뚫려 있고, 자신의 실루엣과 같은 '자기 구멍'을 찾으러 온 사람들이 몸에 딱 맞는 구멍을 찾아 들어간다는 「기괴한 아미가라 단층」, 조상의 뇌가 대대로 머리 위에 붙어 송충이처럼 바닥을 기어다니며 기억을 공유하는 「조상님」은 기묘한 감각을 일깨우는 단편들이다.

내 인생에서 이토 준지의 작품을 만난 건 행운이었다. 아니, 일생일대의 사건이었다. (이런 불쾌하고 엉뚱하고 인생을 살아가는 데 아무런 도움이 되지 않는 상상을 하는 인간이 세상에 또 있단 말이야?!)
모순되게 느껴질 수도 있겠지만 기괴한 것은 아름답

다. 『소용돌이』의 주인공인 슈이치의 아버지가 소용돌이 문양에 매혹된 것처럼, 누구나 기괴한 문양을 한동안 들여다본 경험이 있을 것이다. 예를 들어 운동장을 천천히 기어가는 벌레의 등에 새겨진 무늬라든가, 물에 불은 손가락의 지문이라든가, 언제 생겼는지 알 수 없는 벽지의 얼룩 같은 것들….

『토미에』와 함께 이토 준지의 대표작으로 불리는 『소용돌이』는 소용돌이의 저주를 받은 마을의 이야기다. 총 19개의 에피소드와 1개의 특별판이 들어 있다. 『소용돌이』의 배경인 쿠로우즈 마을에서는 사람들이 소용돌이 문양에 집착하고, 도자기를 구우면 요변 현상이 일어나 소용돌이 모양으로 뒤틀려 버린다. 죽은 사람을 화장하면 소용돌이 모양의 연기가 피어오르고, 긴 머리카락이 소용돌이 모양으로 돌돌 말리거나, 등에 소용돌이 문양이 생긴 사람은 가려움을 호소하다 달팽이 인간이 되어 버린다. 슈이치는 마을에서 일어나는 사건들에 대해 입버릇처럼 "저주 때문이야."라고 하는데 저주의 근원은 끝까지 밝혀지지 않는다. 역시 코스믹 호러다. 영화로도 만들어졌는데 소용돌이처럼 꼬여 버린 사람들의 모습이 조잡한 피규어를 보는 느낌이다. 그런 키치한 느낌이 나름대로 어울린다.

최근 『이토 준지 연구: 호러의 심연에서』라는 책을 통해 이토 준지의 삶에 대해 알게 됐다. 그는 만화가가 되기 전 치과 기공사였고, 중학생 때는 SF 작가가 꿈이었다. 러브크래프트의 팬으로 그의 작품에는 코스믹 호러의 색채를 띤 작품이 많다. 무서운 것을 그리고 싶은데 작업하다 보면 불쾌한 것을 그리게 된다. 겁이 많은 편이다. 집에서 기르는 고양이를 모델로 한 『이토 준지의 고양이 일기 욘&무』의 한 에피소드에서는 점박이 고양이 욘의 등에 있는 점의 모양이 해골 같다며 무서워한다.

사실 나는 이토 준지라는 사람에 대해서는 별로 궁금하지 않다. 음악을 들을 때도 가수나 그룹에 대한 정보를 되도록 찾아보지 않는다. 사람에 대해 알게 되면 아무래도 '그 사람'의 이미지가 덧씌워져 작품을 온전히 감상하는 데 방해가 되기 때문이다. 하지만 이토 준지가 나와 같은 파장을 지닌 인간이라는 느낌은 든다. 그를 실제로 본 사람들은 다소 예민해 보이는 이웃집 아저씨 같은 인상에 놀란다고 한다. 나도 외모에서 풍기는 분위기와 작품의 편차가 크다는 말을 종종 듣는다. 사람들은 호러 창작자에게 도대체 어떤 모습을 기대하는 걸까?

에세이 작업을 하면서 잠시 잊고 지냈던 이토 준지의 작품을 다시 보는 일이 가장 즐거웠다. 역시나 기괴한 아름다움에 눈을 뗄 수가 없었다. 이토 준지에 흥미가 생겼다면 『소용돌이』, 『공포의 물고기』, 『토미에』에 도전해 보자. 『이토 준지 단편집 Best of Best』도 좋다. 그로테스크한 작품을 보는 것이 망설여진다면 다자이 오사무의 동명 소설을 만화로 각색한 『인간 실격』을 추천한다. 단 겁이 많거나 비위가 약한 사람은 주의!

나는 그 버튼을 누르지 않을 수 있을까?

리처드 매시슨의 「버튼, 버튼」

"사람들은 장르를 얘기할 때 가장 먼저 내 이름을 언급한다. 하지만 리처드 매시슨이 없었다면 지금의 나도 없었을 것이다." 스티븐 킹의 말이다. 여기서 장르는 물론 호러다. 리처드 매시슨(1926~2013)은 스티븐 킹과 더불어 현대 호러 문학에 지대한 영향을 끼쳤지만 국내에서는 『나는 전설이다』의 작가 정도로 알려져 있다. 『나는 전설이다』는 좀비 아포칼립스—작품 내에서는 좀비가 아닌 뱀파이어지만 좀비와 비슷하게 묘사된다—의 효시라 할 수 있는 작품이다.

   윌 스미스 주연의 2007년 영화 <나는 전설이다>는 원작의 기본 설정을 가져오긴 했으나 전반적인 결이 매우다르다. 다행스러운 점은 영화도, 원작도 재미있다는 것이다. 하지만 나는 그의 중/장편인 『나는 전설이다』나 『줄어드는 남자』보다 단편들을 훨씬 좋아한다.

   비행기 엔진을 뜯어내려는 '괴물이 내 눈에만 보인다면'이라는 가정하에 펼쳐지는 「2만 피트 상공의 악몽」은 블랙 코미디다. 3차 대전 당시 생화학전의 부작용으로 사망자가 발작적인 선회 운동을 하는 것에서 착안한 루피 댄스(loopy dance). 전쟁이 끝나고 일부러 시체에 병원균을 투입하여 춤을 관람하는 젊은이들을 그린 「시체의 춤」은 시체가 관절을 삐걱대며 춤을 추는 것이 눈앞에 펼쳐지는 듯 묘사가 뛰어나다. 이 단편들은 드라마 <환상특급> 등의 에피소드로 각색되어 미국뿐 아니라 유럽과 아시아 등에서 큰 인기를 끌었다.

그의 단편집에는 「시체의 춤」이나 「2만 피트 상공의 악몽」 외에도 「마녀 전쟁」, 「심판의 날」, 「결투」 등 흥미진진한 단편들이 꽉 들어차 있다. 하지만 그의 단편 중에서 가장 빛나는 건 「버튼, 버튼」이다.

「버튼, 버튼」도 리처드 매시슨의 다른 단편들처럼 만약이라는 가정에서 시작한다. 만약 어떤 남자가 찾아와 상자 안의 버튼을 누르면 5만 달러를 주는 대신 당신이 모르는 누군가가 죽는다고 말한다면? 5만 달러는 한화로 7천만 원 정도다. 리처드 매시슨이 소설을 쓴 1970년의 화폐 가치로는 지금의 5만 달러보다야 더 가치가 있었겠지만, '오래전부터 꿈꿔 온 유럽 여행'을 가거나 '섬에 작은 별장'을 살 수 있는 액수다. 리처드 매시슨은 왜 5만 달러라는 애매한 금액을 제시했을까? 5만 달러야말로 윤리적 딜레마를 느끼기 딱 좋기 때문이다. 50만 달러, 혹은 100만 달러였다면 주인공 노마는 버튼을 누르기까지 그렇게 많은 고민을 하지는 않았을 것이다. 5만 달러였기 때문에 어쨌든 살인이라는 행위를 하는 자신을 필사적으로 합리화하며 내적갈등을 겪어야 했다. 죽게 되는 사람이 여기서 1만 마일 떨어진 곳에 사는 중국의 늙은 농부이거나 중병에 걸린 콩고 원주민이길 바라면서, 자신이 이기적이지 않다는 변명을 하며 버튼을 누를 마음을 굳힌 것이다. 그것이 자신에게 어떤 결과를 가져올지 결코 알지 못한 채.

「버튼, 버튼」은 매우 짧고 단순하며 명쾌한, 우화적인 이야기이다. 트롤리 딜레마처럼 독자에게 사고실험을 하도록 만들며 머릿속을 복잡하게 휘두르지만, 결말은 도시 괴담처럼 느껴지기도 한다. 뒤틀린 방식으로 이뤄진 소원이라는 면에서 「원숭이 손」이 떠오르기도 한다.

「버튼, 버튼」은 영화 <도니 다코>로 평단의 주목을 받으며 데뷔한 리처드 켈리 감독이 2009년 <더 박스>라는 제목으로 영화화했지만 좋은 평을 얻지 못했다. 원작의 설정을 그대로 가져온 도입부의 서사와 상자를 가져온 '한쪽 얼굴이 없는 남자'라는 설정은 흥미진진했으나 중후반부의 서사는 장황해지고, 결말은 풀어 놓은 떡밥을 회수하지 못하고 맥없이 끝난다. 그래도 한 번쯤은 볼 만한 영화라고 생각한다.

스티븐 킹의 헌사로 시작했으니 마무리도 그의 말을 인용할까 한다.

"리처드 매시슨은 포와 러브크래프트만큼 호러 문학에서 중요한 인물이며 유럽의 고성이나 우주가 배경이 아닌 평범한 미국의 일상 속 공포를 그려 내며 작가들의 상상력을 자극했다."•••••

••••• 『리처드 매시슨』, 리처드 매시슨, 최필원 역, 현대문학, 2020(작가 소개에서 인용)

현실은 꿈,
에도가와 란포의 「인간 의자」

현실은 꿈, 밤의 꿈이야말로 진실!

에도가와 란포(1894~1965)가 사인할 때 써 줬다는 문구다. 그래서일까. 그의 이야기는 밤의 꿈처럼 기괴하고 몽환적이다. 에도가와 란포는 아케치 고고로가 탐정으로 등장하는 미스터리를 주로 썼지만, 나는 그의 추리 소설보다 기괴 환상 문학을 훨씬 더 좋아한다. 그의 본명은 히라이 타로, 에도가와 란포라는 조금 장난 같은 필명은 에드거 앨런 포에 대한 존경심으로 지었다고 한다. 요코미조 세이시, 마쓰모토 세이초 등과 함께 일본 미스터리계의 거장으로 손꼽히나 국내에서의 인지도는 상대적으로 낮은 편이다. 그로테스크의 극을 치닫는 그의 엽기적인 정서가 국내 팬들과는 맞지 않았을지도 모르겠다는 생각이 든다. 란포는 인간의 은밀한 욕망, 살인 충동, 변태 성욕 등 금기시되는 내용을 다뤘는데 이 때문에 토막 살인 사건의 범인으로 의심받거나, 집에 잘린 머리를 감춰 두었다는 악의적이고 어이없는 루머에 시달렸다. 이로 인해 란포는 아예 절필을 선언하고 일본 전역을 떠돌며 방랑 생활을 하기도 했다.

그의 작품 중에서 가장 유명한 작품은 「인간 의자」다. 제목에서 유추할 수 있는 내용 그대로다. 의자 만드는 장인이 어느 날 자신이 만든 안락의자 안으로 들어가 인간 의자가 된다는 이야기다. 처음에는 호텔에 진열된 의자로 사람들이 없을 때 밖으로 나와 물건을 훔치는 게 목적이었지만, 점차 사람들이 자신의 위에 '앉는' 느낌, 몸의 감각에 집중하게 되며 의자 장인의 목표는 탐닉으로 변하게 된다.

「인간 의자」는 그의 단편 중에서 가장 매력적인 이야기로 기억하고 있었는데, 이번에 에세이를 쓰며 다시 읽고 깜짝 놀랐다. 액자 소설이었기 때문이다. 그러니까 앞서 소개한 내용은 액자에서 액자를 떼어 낸 알맹이 부분이다. 알맹이, 즉 내부 이야기는 편지글 형식으로 되어 있어 더욱 흡인력이 있다. 몇 번을 다시 읽어도 액자 부분은 굳이 없어도 되겠다는 생각이 들었다. 액자 소설로 만든 건 현실성이 떨어진다는 비난을 피해가려는 의도가 아니었을까? 나처럼 결말에 아쉬움을 느꼈는지, 이토 준지는 「인간 의자」에 자신만의 이야기를 덧붙여 만화로 그리기도 했다. 이토 준지는 인형과 사랑에 빠진 남자의 비극을 그린 「비인간적인 사랑」이라는 단편도 만화화했다.

란포의 작품 중에서 또 한 편을 고르라면 「고구마벌레」를 추천하고 싶다. 고구마벌레는 전쟁에서 사지와 청력, 발성 기능을 잃은 남편 스나가 중위를 고구마벌레, 혹은 변형된 살로 만든 팽이라고 생각하는 토끼꼬의 시점에서 서술되는 이야기다. 토끼꼬는 자유롭게 움직일 수 없는 남편을 정욕의 도구로 생각하며 집착하나, 도가 지나쳐 파멸로 이르게 된다.

이 작품은 주인공이 참전 군인이라는 이유로 군부와 우익들에게 반전 혐의로 검열에 걸렸고, 문고판에서 삭제한 뒤 출간했다고 한다. 당시 란포는 극우주의자들의 횡포에 시달리기도 했다니, 여러 모로 작품 때문에 수난을 겪은 작가다.

『밀실살인게임』, 『벚꽃 지는 계절에 그대를 그리워하네』 등으로 유명한 미스터리 작가 우타노 쇼고는 란포의 작품을 오마주한 『D의 살인사건, 실로 무서운 것은』이라는 책을 출간했다. 이 책에는 「인간 의자」, 「오시에와 여행하는 남자」, 「붉은 방」, 「음울한 짐승」 등 7편의 작품을 현대식으로 재해석한 단편이 실려 있다. (우타노 쇼고는 한때 내 최애 작가였지만 이 작품들만큼은 구관이 명관이라는 말을 하지 않을 수가 없다.)

부록 1. 호러의 하위 장르

호러의 하위 장르는 크게 네 가지—살인마, 괴물, 초자연적 공
포, 심리 공포—로 나눌 수 있다. 이 장에서는 네 가지 장르의
특징에 대해 알아보고, 정확히 분류될 수는 없지만 비슷한 부
류로 취합할 수 있는 장르, 혹은 소재적 특징들을 소개하고자
한다.

1. 살인마

#귀신이 뭐가 무서워? 진짜 무서운 건 사람이지

살인마 장르는 희생자를 살해하거나 공포에 빠뜨리는 살인
범이 나오는 장르다. 이 장르의 악당은 대부분 인간, 즉 연쇄
살인범이다. 살인마는 현실에 존재할 수 있으므로 독자나 관
객에게 각별한 공포감을 줄 수 있다. 그래서인지 귀신이 나오
는 건 괜찮아도 피 튀기는 건 싫다며 꺼리는 사람이 많다.

살인마 장르 중에는 슬래셔가 가장 큰 비중을 차지한다. 슬
래셔 장르의 개념에 대해서는 '고어, 이 좋은 걸 이제 알았다니'
에서 설명했으니 넘어가기로 하고, 저게 과연 인간인가 싶을
정도로 무시무시한 괴력을 가진 살인마의 계보는 <텍사스 전
기톱 학살>의 레더 페이스부터 <할로윈>의 마이클 마이어스,
<13일의 금요일>의 제이슨으로 이어졌다.

<나이트메어>의 프레디나, <사탄의 인형>의 처키는 엄밀

히 말해 인간은 아니지만 역시 잔인한 방법으로 사람들을 죽인다. 그러나 반복되는 자극은 쉽게 무뎌지는 법. 점점 더 강력한 살인마를 원하던 호러 팬들은 어느 순간 '(가면 쓴) 악당이 젊은이들을 죽인다'는 뻔한 플롯에 질리게 된다. 그렇게 한풀 수그러들었던 슬래셔

영화 〈텍사스 전기톱 학살〉(1974)

장르는, 1996년 웨스 크레이븐 감독의 〈스크림〉으로 다시 전성기를 맞았다가, 21세기에 들어서며 수위가 더욱 높아진다.

〈쏘우〉 시리즈나 〈호스텔〉 시리즈, 〈콜렉터〉 같은 영화는 얼마나 더 창의적인 방법으로 신체를 훼손하는가에 초점이 맞춰져 있다. 스릴러 요소가 강한 1편을 제외하면 〈쏘우〉 시리즈는 회차를 거듭할수록 직소가 고른 희생자가 얼마나 잔혹하고 창의적인 방법으로 살해되는지에 전력을 쏟는다. 이러한 비판을 제작진도 의식했는지 2023년에 개봉한 〈쏘우 X〉에서는 잔인함을 줄이고 서사를 강화한 노력이 보인다.

40년 만에 돌아온 '마이클 마이어스'나 〈스크림〉의 '고스트페이스', 드라마로 찾아온 '처키' 등 살인마 장르는 끊임없이 반복되고 변주되며 호러 팬들에게 꾸준히 사랑받고 있다.

 # 어느 날 내게도 닥칠지 모르는 위험

일라이 로스 감독의 〈호스텔〉은 전형적인 범죄물이다. 유럽에서 배낭여행을 하던 학생들이 납치, 감금되고, 고문당하는 단순한 플롯을 따른다. 다만 〈쏘우〉 시리즈가 잔혹하지만

내게 일어날 것 같지 않은 가상의 공포라면 <호스텔>은 내게도 일어날 수 있는 일이라는 점에서 많은 여행자에게 트라우마를 남겼다. <호스텔>은 고문 장면을 적나라하게 보여 주는 등 고어 장면으로 인해 혹평에 시달렸고, 평론가들에게는 고문 포르노(torture porn)라는 평을 듣기도 했다. 그럼에도 불구하고 일라이 로스 감독의 고어 사랑은 꿋꿋해서 후에 <그린 인페르노>라는 영화로 고어 팬들의 눈을 만족시켜 주었다. 이 영화도 줄거리는 간단하다. 환경운동가들이 아마존의 오지에 추락해 식인종에게 잡아먹히는 내용이다.

<콜렉터>는 국내에는 비교적 잘 알려지지 않았지만, 주인공이 호감이라 보는 재미가 있다. 사체를 갖기 위해 가족 여행을 떠난 집에 몰래 들어간 소심한 도둑이 미친 살인마에 맞서는 내용으로 고어함을 싫어하지만 않는다면 통쾌하게 볼 수 있다. 2013년 <콜렉션>이라는 속편도 나왔는데 호러 영화의 속편치고는 완성도가 좋은 편이다.

#평화로운 내 집에 살인자가 왔다

가택침입물은 교외의 외딴집이 주된 배경이다. 그래서인지 아파트에 주로 거주하는 우리에게는 의도치 않게 순한 맛 공포로 다가오기도 한다. 대표적인 가택침입물로는 섬뜩한 가면을 쓴 침입자에 의해 목숨을 위협받는 <노크: 낯선 자들의 방문>, 달걀을 빌려달라며 선량한 미소를 짓던 젊은이들이 돌변해 주인공 가족의 목숨을 위협하는 <퍼니 게임> 등이 있다. 특히 <퍼니 게임>의 '리모콘 신'은 관객들에게 큰 충격을 주었고 지금까지 회자되는 장면이다. 원작도 좋고, 같은 감독이 만든 할리우드 리메이크판도 나쁘지 않으니 아직 보지 못했다면 꼭 보자. <퍼니 게임>을 시작으로 관객에게 서늘함과 함께 당혹스러운 질문을 던지는 미카엘 하네케 감독의 작품 세계—<피아니스트>, <하

영화 <노크>(2008)

얀 리본>, <아무르> 등—에 빠져드는 것도 권하고 싶다.

　1년 중 단 하루 살인이나 폭행 등 범죄가 허용되는 근미래의 미국을 배경으로 한 <더 퍼지>는 참신한 설정으로 인기를 끌며 시리즈가 이어졌다. 시리즈의 시작인 1편에서 주인공 가족은 퍼지의 날에 대비해 설치한 보안 시스템이 고장 나면서 범죄자들의 침입을 받게 된다. 다음 날이 될 때까지 주인공 가족이 살아남기 위해 범죄자들에 맞서는 것이 <더 퍼지>의 주된 줄거리로 이 영화 역시 가택침입물의 플롯을 따르고 있다.

2. 괴물

　괴물이 희생자를 사냥하거나 죽이거나 먹는 내용의 영화다. 괴물 장르의 플롯은 비교적 단순하다. 괴물이 나타나고 괴물에게 쫓기며 주인공은 도망가거나 괴물에 맞서 싸우다가 살아남거나 죽는다.

　고전적인 괴물로는 웬만해서 죽지 않는 언데드—뱀파이어, 늑대인간, 좀비, 구울 등—가 있고, 죠스나 아나콘다, 피라냐 같은 동물, 고질라나 봉준호 감독의 <괴물> 같은 괴수, 에일리언

이나 프레데터 같은 외계 생명체, <미스트>에 등장한 거대 괴물들이나 <디센트>처럼 동굴에 사는 괴생명체도 있다. 반면에 그렘린처럼 작고 귀여운 괴물도 있다. 그중에서 가장 성행한 장르는 뭐니 뭐니 해도 좀비물이다.

#좀비 영화 보면서 순대 먹기

좀비는 인육에 환장하고 식인을 하며 한번 물면 희생자를 감염시킬 수 있다. 이와 같은 특징 때문에 좀비의 수는 기하급수적으로 늘어난다. <월드 워 Z>에서 홍수를 피해 달아나는 바퀴벌레 떼처럼 장벽을 기어 올라오는 좀비 떼를 떠올려 보라. 또한 좀비는 지능이 낮고, 소리에 민감하다. 팔다리가 떨어져 나가는 정도로는 죽지 않고 반드시 뇌를 파괴해야 죽는다.

좀비는 언데드형과 바이러스형으로 나눌 수 있다. <살아 있는 시체들의 밤>과 같은 고전 좀비 영화에서는 갑자기 시체들이 좀비가 되어 일어난다. 초기의 좀비들은 느릿느릿 걸어 다녔는데―좀비는 사후경직이 시작된 시체이기 때문에 움직임이 느리고 부자연스러울 수밖에 없다―이런 좀비들은 초창기에는 서서히 조여오는 공포를 선사했으나 관객들이 좀비에 익숙해지면서 무섭다기보다 우스꽝스럽게 느끼기 시작했다.

좀비가 빨라지기 시작한 건 바이러스형 좀비가 나타난 21세기부터다. 대니 보일 감독의 <28일 후>가 본격적인 시초라고 할 수 있다. 침팬지로부터 시작한 분노 바이러스에 감염된 '사람들'이 뛰어다니기 시작하면서 좀비는 더는 주술적인 존재가 아니라 바이러스로 인해 생겨난다는 설정이 늘어났다. 좀비가 마법에서 벗어나 SF적인 성격을 띠게 되었고 좀비 아포 칼립스물이 늘어났다. 후속작인 <28주 후>도 같이 보면 좋다.

한때 나는 좀비 마니아였다. 울적한 일이 있을 때면 집에서 혼자 좀비물을 보며 허파, 간, 오소리감투 등 내장이 포함된 순대를 먹곤 했다. 게임 센터에서 모두가 DDR을 할 때 동전이 다 떨어질 때까지 <하우스 오브 더 데드>—초록색 좀비들을 쏴 죽이는 슈팅 게임—만 했다. 그런데 언제부턴가 좀비물에 대한 애정이 식었다. 미국 드라마 <워킹 데드> 때문이다. <워킹 데드>는 2010년부터 2021년까지 무려 11개 시즌이 방영되며 좀비의 대중화에 기여했지만, 11년 동안 좀비에 대한 모든 것을 보여 주어 좀비를 그다지 새롭지 않은 장르로 만들어 버렸다.

국내 관객들이 좀비에 대해 낯설지 않게 느끼게 된 건 <워킹 데드>보다는 <부산행> 덕분일 것이다. 천만 관객을 거뜬히 넘기며 우리나라뿐만 아니라 해외에서도 사랑받았다. <부산행>은 세 가지 점에서 주목할 만하다. 첫째, 기차라는 밀폐된 공간에서 사건이 일어난다는 점, 둘째, 총이 아닌 야구방망이나 맨손으로 좀비와 맞서 싸운다는 점(우리나라는 민간인의 총기 소지가

영화 〈28일 후〉(2003)

TV 시리즈 〈워킹데드〉 (2011~2022)

허용되지 않으므로 어쩔 수 없는 설정이었겠지만 해외 관객들에게는 신선하게 다가왔다.), 셋째, 좀비물에 가족의 사랑이라는 요소를 넣었다는 점.

요즘은 좀비물이 나오면 의리로 보긴 하지만, 예전과 같이 몰입하지는 않는다. 좀비물을 한창 사랑할 때는 비틀거리며 걷는 사람만 봐도 좀비 바이러스에 감염된 게 아닐까 경계했는데, 지금은 그런 허황된 상상은 하지 않는다. 아니, 거짓말이다. 요즘도 여전히 좀비 바이러스가 창궐한 세상을 문득문득 떠올리긴 한다.

#뱀파이어는 무섭지 않아

1922년작 <노스페라투>는 흡혈귀가 등장하는 최초의 영화다. 하얗게 칠한 얼굴에 눈자위가 시커먼 노스페라투는 흑백 영화인 탓에 명암 대비가 더 두드러져 해골처럼 보인다. 외모 평가를 해서 미안하지만, 노스페라투는 별로 매혹적이지 않은 흡혈귀이다. 그런 흡혈귀가 어떻게 언데드 중 가장 사랑받는 캐릭터가 되었을까?

그로부터 70년 후인 1992년 프란시스 코폴라 감독, 게리 올드만 주연의 <드라큘라>에서—머리를 하트 여왕처럼 올리고 얼굴에는 하얀 분칠을 한—드라큘라 백작은 여전히 호감형 인상은 아니었지만 꽤 매력적인 캐릭터였다. 그리고 1994년, 닐 조던 감독은 <뱀파이어와의 인터뷰>(원작은 앤 라이스가 1976년 발표한 동명 소설이다.)에서 매력적이고 잘생긴 뱀파이어를 하나도 아니고 무려 둘이나 등장시켰다. 바로 젊은 시절의 톰 크루

즈와 브래드 피트. 두 사람이 연기한 레스타와 루이를 보면 누구라도 저런 뱀파이어라면 사랑에 빠질 수도 있지, 하며 고개를 끄덕일 것이다.

21세기가 되어 <트와일라잇> 시리즈가 큰 성공을 거두면서 뱀파이어는 호러의 크리쳐라기보다 아름다운 불로불사의 존재라는 이미지가 더욱 굳어졌다. 뱀파이어하면 <트루 블러드>도 빠질 수 없다. 남자 주인공인 빌 컴튼보다 알렉산더 스카스가드가 연기한 에릭이 악역인데도 츤데레 매력을 발산하며 인기를 끌었다. <트와일라잇>이 영 어덜트를 겨냥한 로맨스라면 <트루 블러드>는 19세 이상가, 어른의 로맨스다. <트루 블러드>에는 뱀파이어뿐 아니라 늑대인간이나 자유자재로 몸을 바꾸는 셰이프 시프터도 등장한다. 가히 이존재들의 동창회라고 할 수 있다.

현실물에는 공감을 못 하면서 공포물에는 과도하게 공감하는 나는 종종 뱀파이어가 되고 싶다는 생각을 했는데, 어느 순간 일단 뱀파이어가 되면 모습을 바꿀 수 없다는 사실을 깨달았다. <뱀파이어와의 인터뷰>에서 어릴 적 커스틴 던스트가

영화 <노스페라투>(1922)

영화 <뱀파이어와의 인터뷰>(1994)

연기한 클로디아는 항상 아이의 모습으로 있는 것이 불만이다. <트루 블러드>에서는 살을 빼고 싶지만 그럴 수 없어 우울해하는 중년 남성 뱀파이어가 등장한다. 나도 뱃살이 두둑한 뱀파이어가 되고 싶지는 않기에 오늘도 귀찮음과 싸우며 산책을 한다.

3. 심리 공포

심리 공포는 영화의 톤과 분위기를 활용하여 인간의 심연을 자극, 공포와 불편함을 불러일으킨다. 깜짝 놀라게 하는 장면이나 잔인한 묘사에 치중하지 않고, 은근하게 지속되는 공포심을 자극하는 장르다.

심리 공포는 우리 내부에 존재하는 공포다. 고질라 같은 괴물이나 사람의 신체를 빼앗는 외계 생명체가 나오는 장르를 볼 때, 우리는 그런 생명체가 세상에 존재하지 않는다는 것을 안다. 허구, 지어낸 이야기라는 것이 명확하므로 책을 읽을 때나, 영화를 볼 때 느끼는 공포가 전부다. 그러나 심리 공포는 지면이나 화면을 통해 보는 것이 전부가 아니다. 우리가 '느끼는 것'에 관해 얘기하며 우리 마음에 공포의 씨앗을 심어 놓는다. 이 씨앗은 영화의 엔딩크레디트가 올라가거나 책을 덮은 후에도 사라지지 않고 마음속에 서서히 뿌리내린다. 또한 심리 공포는 장르의 클리셰를 따르지 않고 독창적인 이야기를 펼쳐나간다.

심리 공포는 광기와 편집증, 광신도, 고립/공포증 등으로 세분화할 수 있다.

#아무래도 내가 미쳐가나 봐

광기와 편집증은 심리 호러를 가장 잘 보여 줄 수 있는 소재다. 지금 내 눈앞에 펼쳐진 악몽이 실제 상황인지 내 망상인지 구분하지 못할 때, 내가 이성을 잃어가는 게 아닐지 느끼는 순간의 섬뜩함이 심리 호러의 핵심이다. 셜리 잭슨의 『우리는 언제나 성에 살았다』는 고딕 호러인 동시에 심리 호러다.

대런 애러노프스키 감독의 <블랙 스완>은 한 인간의 지나친 욕망이 어떻게 그를 파멸로 몰고 가는지 섬뜩하면서도 공감할 수 있는 방식으로 보여 준다.

인간의 광기는 내면에서 비롯된다. 따라서 자칫하면 피상적이고 모호하게 그려질 수 있다. 심리 호러의 나쁜 예시로는 넷플릭스에서 공개된 <상처의 해석(Wounds)>을 들 수 있다. 바텐더로 일하는 주인공이 술집에 떨어진 핸드폰을 집에 가져오며 악몽 같은 사건들이 이어지는데, 무엇을 말하고자 하는지 이해하기 힘든 서사 때문에 좋은 평가는 받지 못했지만 기괴한 분위기만큼은 인정할 만하다.

로버트 에거스 감독의 <라이트하우스>도 난해한 작품이다. 그로테스크한 흑백의 이미지가 1.19:1 비율의 스크린을 채우고, 서사는 불친절하다. 외딴 섬의 등대 안에서 두 등대지기를 보다 보면 어느 것이 현실이고 어느 것이 환상인지 나조차도 나를 믿을 수 없는 지경에 이른다.

영화 <블랙 스완>(2010)

주인공 내면의 파괴를 반전으로 보

여 주는 형식의 작품들도 있다. <셔터 아일랜드>, <이제 그만 끝낼까 해> 등의 작품은 이야기가 진행되면서 어긋난 부분들 —설명이 되지 않거나 다소 뜬금없다고 느껴진 장면들—이 끝부분에 이르면 퍼즐 조각이 맞춰지듯 완성되며 관객 혹은 독자에게 충격과 여운을 남긴다.

믿습니까? 죽음으로 가는 지름길을!

광신도와 사이비 종교도 심리 공포의 단골 소재다. <겟 아웃>, 1977년작 <서스페리아>, <마터스: 천국을 보는 눈> 등이 대표적인 광신도 호러다. 조던 필 감독의 <겟 아웃>은 호러의 문법에 인종차별 문제를 녹여낸 수작으로 흑인 남자가 백인 여자친구의 집에 초대받으면서 벌어지는 이야기를 긴장감 있게 보여준다. 다리오 아르젠토 감독의 <서스페리아>는 독일의 외딴 무용 학교를 찾은 발레리나 수지가 학교에서 심상치 않은 기운을 느끼며 벌어지는 이야기다. 마녀를 숭배하는 집단을 중심으로 강렬하고 고전적인 공포를 맛보고 싶은 사람에게 추천한다. 2019년에 루카 구아다니노 감독이 리메이크한 <서스페리아>도 공포감은 덜하지만 아름다운 화면만큼은 인정해야겠다.

영화 <서스페리아>(1977)

순교자를 양성해 사후 세계를 알아내는 것을 목표로 하는 사이비 집단을 그린 <마터스: 천국을 보는 눈>은 고어 영화로도 유명하다. 2016년에는 미국에서 리메이크되었고, 원작에 미치지 못한다는 평을 받았다. (원작을 넘어서는 리메이크작을 만드는 일은 과연 불가능에 도전하는 것일까?)

광신도 호러는 주로 한정된 공간에서 일어나는 일을 다루므로 뒤에 소개할 포크 호러와도 통하는 면이 있다.

좁고 어두운 공간에 나 홀로

폐소 공포증 따위 없다고 큰소리치던 사람이라 해도 산소마저 희박한 좁고 어두운 공간에 갇히게 된다면 공포를 느낄 것이다. 고립/공포증은 이러한 인간의 심리를 파고드는 작품이다.

고립 공포를 잘 나타낸 작품은 에드거 앨런 포의 「구덩이와 진자」가 대표적이다. (「구덩이와 진자」는 「구덩이와 추」 등으로도 번역되었다.) 에드거 앨런 포는 평소에도 산 채로 묻히는 것, 생매장에 대한 두려움이 있었다고 한다. 단편 「때이른 매장」에도 이러한 공포가 잘 드러나 있다. 그리고 에드거 앨런 포의 공포는 후대로 이어져 내려온다. 영화 <베리드>는 관 속에 산 채로 갇힌 주인공을 보여 준다. 그에게 주어진 것은 라이터와 칼, 누구의 것인지 알 수 없는 핸드폰뿐. 주인공이 라이언 레이놀즈라서 그런지 호러보다는 스릴러 느낌이 나는 영화다. <O2>도 마찬가지다. 주인공이 깨어난 곳은 동면 캡슐 안, 기억은 사라졌고 캡슐 안 산소는 급속도로 고갈되어 간다. SF적인 요소를 더하고 배경을 근미래로 옮겼지만 공포를 일으키는 요인은 역시 고립이다.

4. 초자연적 공포

심리 공포가 우리의 내면을 파고든다면, 초자연적 공포는 미지에 대한 공포를 제대로 찌르는 장르다. 초자연적인 것은 "과학적으로 설명할 수 없는" 혹은 "자연법칙을 초월하는" 것으로, 유령, 악마, 저주, 빙의 등이 초자연적 공포에 포함된다.

#이불 밖은 위험해? 노노, 이불 속이 위험해!

즐거운 곳에서는 날 오라 하여도 내 쉴 곳은 작은 집 내 집 뿐이리. 모두 알겠지만 '즐거운 나의 집'이라는 노래 가사다.

에메랄드 시티에 다녀온 도로시는 "세상에 집 같은 곳이 없어요(There is no place like home.)."라고 말한다. 집 나가면 (개)고생이라는 말도 있듯이, 여행은 집의 소중함을 깨닫기 위해 가는 게 아닐까 싶기도 하다. 5성급 호텔에 있다가 왔는데도 오래된 내 침대가 가장 편하게 느껴지는 건 왜일까?

하우스 호러는 "이토록 편안하고 안락한 장소의 집이 공포의 공간이 된다면"이라는 가정하에 진행되는 이야기다. 동서양을 막론하고 인간에게는 의식주가 필수요소다. 그런 만큼하우스 호러는 어느 나라에서나 인기 있는 장르다.

하우스 호러의 고전은 헨리 제임스의 『나사의 회전』과 셜리 잭슨의 『힐 하우스의 유령』이라고 할 수 있다. 『나사의 회전』은 믿을 수 없는 화자를 내세워 "정말 이 집에는 유령이 있는 걸까, 아니면 겁에 질린 가정교사의 망상일까?"라는 질문을 끝까지 품게 하는 수작이다. 『힐 하우스의 유령』 역시 힐 하우스라는 저택을 배경으로 하는데 진짜로 귀신이 있는지, 등장인물들의 착각인지 모호하게 묘사하여 독자의 불안감을 증폭시킨다.

이 두 작품을 모티브로 넷플릭스 오리지널 드라마가 만들어졌다. <블라이 저택의 유령>과 <힐하우스의 유령>이다. 두 작품 다 원작에서는 모티브만 따온 정도지만 함께 읽어 보면 드라마에서 쓰인 소품 등의 의미가 달리 보이며 소소한 재미를 찾을 수 있다. 두 작품은 공포보다 감성에 힘을 주어 사람들의 공감을 불러일으킨다. 특히 <힐 하우스의 유령>에서 줄곧 등장하던 '목 꺾인 여자'의 비밀이 밝혀지는 5화는 많은 사람에게 충격과 전율을 안겨 주었다.

"무서운 장면 없이 무서운 영화"라는 홍보 문구로 인기를 끈 <컨저링> 시리즈, <인시디어스> 시리즈, <샤이닝>, <디 아더스> 등이 대표적인 하우스 호러 장르라고 할 수 있다. 이들은 집이 안전하지 않다는 궤를 같이하면서 각각 새로운 서사로 나뉜다. <디 아더스>는 "이 저택에 우리 말고 다른 생명체가 살고 있어요.", <샤이닝>은 "우리 아빠가 미쳐가고 있어요.", <컨저링>은 "새로 이사 간 집에서 이상한 일이 일어나는데 알고 보니 옛날에 끔찍한 사건이 벌어졌대요.", <인시디어스>는 "이

영화 <인시디어스>(2010)

영화 <컨저링>(2013)

사 가도 이상한 일은 멈추지 않아요."에 초점을 맞춘 이야기다.

<컨저링>이 영미권을 휘두른 하우스 호러라면, 일본에는 바로 <주온>이 있다. <주온>에 대해서는 일본 호러에서 상세히 언급할 예정이니 지금은 넘어가기로 하자. 우리나라의 <숨바꼭질>이나 <장화, 홍련>도 하우스 호러의 범주에 포함된다.

#아름답고 슬픈 유령들

유령을 주인공으로 한 영화들은 무섭다기보다 슬프다. 그도 그럴 것이 유령은 이 세상에 미련이 있어서 '천국'으로 가지 못한 존재가 아닌가.

<고스트 스토리>의 유령은 지박령이다. 갑작스런 사고로 세상을 떠난 C는 자신이 살던 집을 떠나지 못하고 사랑하는 M의 곁에 머무른다. 그러나 세월이 흘러 M은 집을 떠나고 유령은 무력하게 집에 남겨진다. <디 아더스>의 유령들도 마찬가지다. 그러나 누구보다 슬픈 유령은 <식스 센스>의 주인공인 말콤 크로우일 것이다. 아동 심리학자인 그는 자신이 죽었다

영화 〈고스트 스토리〉(2017)

는 사실도 알지 못한 채 아내의 곁을 맴돌고 "죽은 자가 보인다."는 여덟 살 난 아이의 상담 치료를 진행하는데…. 결국 말콤 자신도 죽은 자였다. 이제는 호러를 좋아하지 않는 사람이라도 들어봤을 "내가 귀신이다" 반전으로 나이트 샤말란은 스타 감독이 되었지만

<언브레이커블>이나 <싸인>, <빌리지>에 이르기까지 차기작들이 기대에 미치지 못한다는 이유로 지나친 혹평을 받아야 했다. 나는 그의 후속작들도 괜찮은 편이라고 생각하지만, 최근작 <올드>에서도 매력적인 설정에 따라가지 못하는 서사가 안타깝긴 했다.

#신이시여, 우리를 보살펴 주소서

오컬트는 우리가 호러를 생각할 때 가장 보편적으로 떠올릴 수 있는 장르로, 강령술, 마법, 주술, 부적, 악마학, 환생, 빙의 등 다양한 영적 현상을 다룬다.

오컬트 호러에서는 무구한 누군가―대개는 소녀나 어린이―가 악령에 쓰이고, 신부나 무당이 빙의된 인물을 구하려는 서사를 갖고 있다. 따라서 종교적인 색채를 띠기도 한다. 사제나 무속인이 빙의된 인물을 구하려는 시도는 종종 실패하거나, 악령을 꺼내는 데는 성공하더라도 다른 인물에게 악령이 쓰였다는 것을 암시하며 끝이 난다.

<엑소시스트>, <오멘>, <검은 사제들>, <사바하>, <파묘>,

영화 <곡성>(2017)

영화 <유전>(2018)

<손 the guest>, <곡성>, <랑종>, <유전> 등은 오컬트 호러로 분류할 수 있다.

5. 고어

고어의 개념은 앞에서 설명했으므로 여기서는 작품 위주로 소개하겠다. 다소 자극적인 묘사와 스포일러가 있으니 원치 않는 분은 건너뛰어도 되겠다.

다시 한번 말하자면 고어는 신체가 훼손되는 장면이 주를 이루므로 호불호가 극단적으로 갈리는 장르다.

수많은 고어 영화를 봤지만 가장 인상적이었던 영화는 <살인마 잭의 집>이다. 라스 폰 트리에 감독의 작품으로 영화가 시작되면 노인과 중년 남자가 어디론가 가고 있다. 남자는 자신이 12년 동안 벌인 일 다섯 가지를 무작위로 고백하겠다고 말하고 남자가 벌인 첫 번째 살인의 에피소드가 전개된다. 즉 이 영화는 죽은 남자가 자신이 벌인 연쇄 살인에 대해 말하는 이야기인 것이다. 이 영화는 아동 살해 장면으로 논란이 되며

관객들이 중도 퇴장하는 일까지 벌어졌다. 원제는 <The House That Jack Built>, 직역하면 '잭이 지은 집'이라는 뜻으로 영화를 보면 <살인마 잭의 집>보다 이쪽이 훨씬 내용을 잘 보여 주고 있음을 알게 된다.

영화 〈살인마 잭의 집〉(2019)

라스 폰 트리에 감독은 <님포매니

악>, <멜랑콜리아>, <안티크라이스트>, <브레이킹 더 웨이브>, <도그빌>, <킹덤> 등 발표하는 작품마다 논란과 충격을 주었다. 특히 <킹덤>은 8부작 미니시리즈로 그로테스크함과 고어함이 상당하다. 이 작품은 덴마크 내 최고의 병원 '킹덤'에 원혼이 깃들어 있다는 설정으로 그 원혼이 아기로 부활하려는 이야기를 다룬다. 결국 원혼은 거대한 아기로 부활하는데 몸에 힘이 전혀 없기 때문에 벽에 매달아 놓는다. (2024년에는 25년 만에 속편인 <킹덤: 엑소더스>가 개봉했다.)

네덜란드 감독 톰 식스의 2009년작 <휴먼 센티피드(Human centipede)>는 인간 지네, 여러분이 제목에서 상상할 수 있는 내용 그대로다. 미친 외과 의사가 인간들을 잡아다 지네를 만든다는 이야기다. 비위가 약하신 분들을 위해 자세한 설명은 생략한다. 간혹 본

영화 <휴먼 센티피드>(2009)

사람들은 제목만 들어도 고개를 설레설레 저으며 오만상을 찌푸린다. 물론 나는 재미있게 봤다. 저예산이긴 하지만 3편까지 나온 걸 보면 나 같은 취향의 사람들이 꽤 많은 것 같기도 하다.

<살로 소돔의 120일>, <세르비안 필름>, <기니어 피그> 시리즈 등은 가장 잔인한 고어의 예시로 꼽히는데 나는 그다지 감흥이 없었다.

고어는 특유의 과장됨이 강조된 2D, 즉 만화로 볼 때 또다른

재미가 있다. 혹자는 2D 고어는 좋아하지만 3D 고어는 꺼린다. <간츠>, <무사 쥬베이>, <시구루이>, <이치 더 킬러> 등은 일본식 고어가 어디까지 갈 수 있는지 보여 준다.

국내에는 번역되지 않았으나 미국의 고어 만화인 『크로시드(Crossed)』는 고어함과 상상력의 끝을 달린다. 『크로시드』는 감염자가 가장 사악한 생각을 하게 만드는 전염병이 창궐한 세계를 그린다. 바이러스 보균자는 얼굴에 십자 모양의 큰 발진이 일어나기 때문에 '크로시드'라고 부른다. 살인, 강간, 식인이 일상화되고 친구와 가족은 서로를 학살한다. 『크로시드』와 <28일 후>의 분노 바이러스의 가장 큰 차이점은 크로시드 감염자들이 폭력적인 사이코패스로 변한 상태에서도 인간의 기본적인 지능을 유지한다는 것이다. 그러므로 무식하게 달려드는 좀비들과 달리 그들은 비감염자들을 공격하기 위해 자동차를 운전하고, 복잡한 함정을 설치한다. 고어로 힐링하는 나조차 보고 나면 기가 빨리는 듯한 느낌이 드는 작품이니 건강 상태가 좋고 고어에 강하다는 자신감이 충만할 때 도전하도록 하자.

6. 재난물

재난 영화는 일반적으로 액션이나 스릴러 장르로 분류되지만 내게는 '찐호러' 장르다. 조난 가방을 들고 다니고 싶은 충동을 누르며 은근히 걱정하던 '그 일'이 실제로 일어나고 말았다는 설정의 영화들을 보고 있노라면 그 어떤 귀신이나 괴물이 화면을 채울 때보다 등골이 서늘하고 팔뚝에 소름이 돋는다.

특히 기후 변화로 남북극의 얼음이 모두 녹고, 해류 열수송 시스템이 망가져 순식간에 빙하기가 찾아왔다는 설정의 <투모로우(The day after tomorrow)>를 볼 때는—추위를 지독히 싫어하는 나로서는—정말 무서웠다. 지구 온난화로 인한 기후 변화는 현재 진행형인 심각한 문제이기 때문에 단순히 영화적인 설정으로만 넘길 수는 없다.

재난 영화의 주된 소재는 혹한, 지진, 쓰나미, 폭풍, 화산 폭발 등 자연재해다. 1990년대 중후반에는 세기말, 소행성의 충돌으로 지구가 멸망한다는 종말론의 영향이었는지 거대 행성과 충돌한다는 설정의 <딥 임팩트>나 <아마겟돈> 같은 블록버스터도 나왔다. 다가오는 행성에 구멍을 뚫어 핵탄두를 설치하기 위해 유전 굴착 전문가들과 동료들이 나선다는 <아마겟돈>은 마이클 베이식 희생적 영웅을 보여 주며 많은 사람의 눈물을 자아냈다. (신파를 달가워하지 않는 나는 울지 않았다.)

제니퍼 로렌스와 레오나르도 디카프리오의 2021년작 <돈 룩 업>도 혜성 충돌로 지구가 멸망한다는 이야기를 다루고 있는데 <돈 룩 업>의 인물들이 상황에 대처하는 방식은 <아마겟돈>과 대조되면서 신파적인 영웅 서사와 블랙코미디의 차이를 확연히 보여 준다. 물론 나는 냉소와 풍자로 가득한 이야기 속에서도 인간이 선택할 수 있는 최선의 결말을 보여 준 <돈 룩 업>의 방식을 백만 배 더 좋아한다.

팬데믹 상황을 그린 작품도 이러한 재난물에 포함된다. <컨

테이전>은 전염병 아포칼립스를 가장 현실적으로 다뤘다는 평가를 받는 작품인데, 코로나바이러스가 창궐할 당시 다시금 주목을 받았다. 국내에서도 2013년에 개봉한 <감기>가 있다. <감기> 이전에는 숙주를 물속에 뛰어들도록 유도해 익사시키는 '변종 연가시'가 사람을 감염시키면서 벌어지는 혼란을 그린 <연가시>가 있었다.

코맥 매카시 원작의 <더 로드>도 빼놓을 수 없다. 그는 60대에 얻은 아들과 자신이 황량한 세상에 남겨진다는 가정하에 이 소설을 썼다고 한다. 그래서인지 냉혹한 인간사를 건조한 필치로 써 낸 이전 작품들과 다르게 작품 군데군데 따뜻함이 느껴진다. <더 로드>는—작품 내에서 정확한 이유는 밝히지 않지만—하루아침에 잿더미로 변해 버린 세계에서 살아남은 아버지와 아들이 굶주림과 추위를 피해 길을 떠나는 이야기로, 비고 모텐슨 주연의 영화로도 만들어졌다. 원작 소설과 영화가 주는 각각의 감동이 있으니 여러분도 접해 보면 좋겠다.

넷플릭스 영화 <돈 룩 업>(2021)

영화 <더 로드>(2009)

7. 파운드 푸티지

파운드 푸티지(found footage) 장르는 촬영자가 행방불명되고 그가 찍었던 영상이 제삼자에게 발견되어 편집 없이 공개된다는 설정으로 페이크 다큐멘터리, 혹은 모큐멘터리라고도 한다. 파운드 푸티지는 저예산으로 촬영할 수 있으며, 진짜가 아니라는 걸 알면서도 관객을 몰입시킨다는 장점이 있다.

파운드 푸티지의 원조는 1980년에 개봉한 이탈리아 영화인 (국내에서는 1994년 개봉) <카니발 홀로코스트>다. <카니발 홀로코스트>는 아마존 오지의 비밀을 촬영하기 위해 떠난 기록 영화 팀이 실종되고, 구조대가 찾아낸 필름이 너무 끔찍해 결국 태워 버린다는 내용이다. 전체적으로 고어한 장면이 많은데 사람을 죽이고 먹는 장면이야 연출됐으니 그러려니 했지만 거북의 등껍질을 뜯어내는 장면에서 실제 아마존 강에 사는 노란점거북을 썼다는 이야기에 경악했다. 원주민이 원숭이를 잡는 장면도 있는데 역시 살아 있는 원숭이었다고 한다. 이로 인해 동물 학대 논란이 있었고, 감독도 진짜 동물을 희생시킨 것을 후회한다고 밝혔다지만 (그런다고 동물이 살아오는 건 아니잖아요.) 아무리 1980년대라고 해도 실제 동물을 죽인 선택은 용서할 수 없다.

이 장르를 가장 유명하게 만든 영화는 <블레어 윗치>다. 이 영화는 1994년 10월 세 명의 영화학도가 버킷츠빌 숲에서 다큐멘터리를 촬영하다 실종됐다는 설정으로 진행된다. 이들은

200여 년 동안 전해 내려온 블레어 윗치 전설—어린이 대량 학살의 원인이라는 초자연적 유령에 대한 전설—의 진실을 다큐멘터리로 제작하기 위해 숲속으로 들어갔지만 길을 잃고 헤매기 시작한다. 주인공이 겁에 질린 채 카메라로 자신의 얼굴을 촬영하는 엔딩 장면은 포스터로 만들어져 영화를 보지 않은 사람이라도 어디선가 본 듯한 느낌을 받을 것이다. <블레어 윗치>는 제작비 및 홍보비 75만 달러로 전 세계에서 2억 4800만 달러의 수익을 냈다.

<파라노말 액티비티>나 <REC> 등의 영화도 모큐멘터리 형식을 갖고 있다.

<파라노말 액티비티>의 주인공 케이티는 여덟 살 때부터 주변에서 정체불명의 존재를 느껴왔다. 최근 들어 집에 강도가 계속 들자 케이티의 남자친구는 그들의 24시간을 카메라에 담기 시작한다. 중반부부터는 카메라의 시점으로 푸른 색감의 침실 촬영 화면을 줄곧 보여 준다. 화면을 주의 깊게 바라보면 단서와 흔적만 나타날 뿐, 실체를 드러내지 않는 무언가는 분

영화 〈블레어 윗치〉(1999)

영화 〈파라노말 액티비티〉(2009)

명 섬뜩하긴 하다. 그러나 결말로 가기까지 정적인 화면을 보고 있노라면 눈이 감기는 것도 사실이다. 이 때문에 <파라노말 액티비티>는 관객들 사이에서 특이하다, 지루하다는 평으로 갈렸다. 나는 지루했다에 한 표.

<REC>는 파운드 푸티지 방식으로 만든 스페인 호러 영화다. 좀비가 창궐한 상황을 1인칭 시점으로 그리고 있어 긴박감을 주며 참신하다는 평을 받았다. <REC> 시리즈는 4편까지 제작되었다.

이후에도 비슷한 류의 작품들이 많이 나왔으나 어느 순간부터 나는 보지 않게 되었는데 이유는 모큐멘터리 특유의 핸드헬드 촬영 기법 때문이다. 색감이 선명하고 미장센이 뛰어난 호러 영화를 좋아하는 나로서는 구린 화질에 정신없이 흔들리는 카메라가 더 공포였다. (제발, 멀미 나니까 카메라 좀 그만 흔들라고!)

8. 테크놀로지

앞서 공포증을 이야기할 때 예시로 들었던 내 단편 「화면 공포증」은 액정 화면에 둘러싸인 현대인에 대한 풍자를 담아 냈다. 이처럼 예전에 없던 기술도 호러의 소재로 활용할 수 있다.

블룸하우스에서 제작한 <언프렌디드: 친구삭제>는 인터넷 상의 화상 채팅방을 배경으로 만든 호러 영화다. 누군가 익명으로 업로드한 여고생 '로라 반스'의 동영상이 SNS를 통해 순식간에 퍼져 나간다. 로라 반스는 이를 견디지 못해 자살한다.

1년 후 여섯 명의 친구들이 접속한 화상 채팅방에 '로라 반스'라는 아이디가 입장, 동영상을 업로드한 사람을 밝히지 않으면 한 명씩 죽이겠다고 경고한다. 화상 채팅방을 나가도 목숨이 위험한 상황, 공포에 질린 여섯 명의 친구들의 비밀이 폭로된다.

<캠 걸스>는 성인 방송을 진행하는 BJ가 사용 계정을 해킹당하며 벌어지는 일을 그리고 있는데—딥페이크, 인터넷상에 벌어지는 영상 합성의 폐해 등 공감되는 메시지를 담고 있음에도—촘촘하지 못한 스토리로 그다지 좋지 못한 평가를 받았다. 호러에 너그러운 내 기준에서는 볼 만한 정도였다.

<펄스>는 자살한 친구에게서 온 메시지를 받은 친구들이 연이어 자살하자, 주인공이 죽은 친구의 컴퓨터를 찾아 저주의 미스터리를 풀어 나가는 이야기다. <펄스>는 네트워크를 타고 흐르는 죽음의 맥박이라는 뜻을 내포하는 제목이다. 구로사와 기요시의 2001년작 <회로>를 리메이크한 작품으로, 영화 평론가 김봉석은 "태평양을 건너면 찌그러지는 일본 호

영화 <언프렌디드: 친구삭제> (2015)

영화 <회로>(2001)

러"라고 평가기기도 했다. 기요시 감독은 국내에는 <큐어>, <스파이의 아내>, <산책하는 침략자> 등의 작품으로 알려져 있다. <산책하는 침략자>는 마에카와 도모히로의 희곡을 바탕으로 만든 영화로 꽤 로맨틱한 신체 강탈자물이다.

호러 영화는 아니지만 SNS 미션 수행 사이트에서 벌어지는 일을 다룬 <너브>나, 웹상에 뿌려진 흔적들로 실종된 딸을 찾는 아버지의의 모습을 맥북과 아이폰 화면만으로 긴장감 있게 구현한 <서치>, 전 세계의 2억 명에게 자신의 24시간을 생중계하는 프로그램에 자원한 주인공의 이야기인 <더 서클>도 새로운 기술을 모티브로 만든 작품이다.

9. 고딕 호러

고딕 호러는 오래된 성의 비밀 통로와 지하 감방, 금방이라도 무너져 내릴 듯한 계단을 배경으로 그로테스크하고, 어둡고 암울하며 비극적인 전개를 취한다.

고딕 호러의 시초는 호레이스 월폴의 『오트란토 성』이다. 『오트란토 성』은 성주 맨프레드와 그의 가족을 둘러싼 이야기로 아들은 거대한 검은 투구에 깔려 죽고 맨프레드는 아들의 신부였던 이사벨라에게 결혼을 강요한다. 혼령이나 피 흘리는 조각상이 등장하는 등 기존의 로맨스 작품에 공포 요소를 더한 『오트란토 성』은 18세기 발간 당시 독자들에게 큰 인기를 끌었다고 한다. 이후 본격적인 고딕 호러의 시대가 열린다. 흡혈귀 소설의 효시로 평가되는 조셉 셰리든 르 파뉴의 『카르밀

영화 〈슬리피 할로우〉(2000)

라』, 브램 스토커의『드라큘라』, 메리 셸리의『프랑켄슈타인』 등의 작품이 속속 등장한다.

에드거 앨런 포의『어셔가의 몰락』, 셜리 잭슨의『우리는 언제나 성에 살았다』는 내가 좋아하는 고딕 호러 작품이다. 마녀, 예언, 파멸. 비록 셰익스피어에게 허락은 받지 못했지만 나는『맥베스』야말로 훌륭한 고딕 호러라고 생각한다.

기예르모 델 토로의 〈크림슨 피크〉, 팀 버튼의 〈슬리피 할로우〉 등도 고딕 호러라고 할 수 있다. 고딕 호러에서는 기이하면서도 음산한 아름다움이 강조되기 때문에 잔혹 동화 느낌이 나는 것도 특징이다.

10. 포크 호러

포크 호러는 외부와 고립되어 작은 공동체를 이루고 사는 마을을 중심으로 벌어지는 일을 다룬 작품이다. 마을 사람들은 자기들만의 신앙이 있으며, 주요 사건은 대부분 외부인인 주인공이 마을에 우연히 혹은 어떤 목적을 갖고 오면서 발생한다. 포크 호러에서는 폐쇄적 집단의 광기가 드러나며 외부인인 주인공은 인신 공양의 제물이 되는 경우가 많다.

인신 공양은 옛날 제사에서 살아 있는 사람을 신에게 제물로 바친 것을 말한다. 고대 이집트, 메소포타미아, 인도, 중국

등 고대 문명의 발상지에는 인신 공양이 있었다.

내 인생 최초의 인신 공양 이야기는 에밀레종에 얽힌 전설이었다. 종을 만드는 작업이 여러 차례 실패하여 모든 사람이 근심하던 차, 지나가던 승려가 "그 종에 어린아이를 공양해야만 제대로 된 소리가 날 것이다."라고 했다. 그 이야기를 듣고 끓는 쇳물에 어린아이를 던진 후에야 종이 완성되었고, 그 종에서는 아이가 엄마를 부르는 것처럼 에밀레, 에밀레 하는 소리가 났다는 이야기였다. 에밀레종을 만드는 과정에서 실제로 아이가 바쳐졌을지에 대해서는 의견이 분분하다. 사실을 확인하기 위해서는 인간의 뼈에 들어 있는 인 성분이 나오는지 종의 성분을 조사해 보면 된다. 실제로 국내의 연구기관들이 조사한 적도 있는데 어떤 기관에서는 어린아이의 유체 분량 정도에 해당하는 인이 검출되었다고 하고, 어떤 기관에서는 인성분은 전혀 검출되지 않았다고 발표했다.

다만 우리나라에도 인신 공양의 풍습이 있었다는 것은 이미 밝혀진 사실이다. 2000년 경주 월성 부근에서 신라의 왕실에서 사용한 것으로 추정되는 깊이 10미터의 우물이 발견되었다. 이 우물에서는 개, 고양이, 소, 말, 멧돼지 등 동물의 뼈와 함께 어린아이의 뼈와, 귀신을 물리치는 의미를 지닌 복숭아와 주둥이를 없앤 항아리 등이 발견되었다. 역사가들은 전쟁과 기근, 역병으로 혼란스러웠던 시기에 나라의 평안을 기원하며 국가적인 제사를 지내는 데 인신 공양이 이뤄졌을 것으로 추정한다. 미신으로 인해 여덟 살 정도의 아이를 희생시키다니 아무리 간절한 바람이 담겨 있다고 해도 약자에 대한 다수의 횡포로밖에 보이지 않는다. 참으로 마음 아픈 역사를 돌아보며 성별조차 알 수 없는 아이의 명복을 빌어 본다.

다시 영화로 돌아가 포크 호러의 전통을 따르면서도 새로운 가능성을 보여 준 <미드소마>를 살펴보자. 주인공 대니는 가족을 잃고 슬픔에 빠져 있다. 대니의 남자친구는 인류학 논문을 쓰기 위해 90년에 한 번씩 9일간 하지 축제가 열리는 '호르가'라는 스웨덴의 작은 마을에 가기로 한다. 미리 알려 주지 않아 서운해하는 대니에게 남자친구는 함께 가자고 하고, 스웨덴 출신인 펠레의 안내로 일행은 호르가의 하지 축제에 참여한다. 그러나 자연에 둘러싸인 평화로운 분위기—다른 호러 영화와 달리 <미드소마>의 배경은 밝고 화려하다—와 달리 마을에서는 기괴한 일들이 벌어진다. 급기야 노인들이 절벽에서 뛰어내려 죽는 행사를 목격한 대니는 호르가를 탈출하려하나 뜻대로 되지 않는데…. <미드소마>는 결말에서 주인공이 희생되는 서사를 비틀어 관객에게 묘한 쾌감을 전달한다.

영화 <미드소마>(2019)

영화 <더 위치>(2015)

<위커맨>, <더 위치>, <빌리지> 등이 대표적인 포크 호러 작품이다. 국내 작품으로는 <이끼>가 있다. <이끼>는 도시 생활에 염증을 느껴온 주인공이 20년 동안 연락을 끊고 살았던 아버지의 부고 소식에 아버지가 살던 시골 마을로 찾아가 그곳에 살겠다고 선언하며 벌어지는 일을 긴장감 있게 보여 준다. 웹툰 원작을 영화로 만들었는데 박해일, 정재영 등 배우들의 연기도 좋지만 개인적으로는 웹툰을 더 추천하고 싶다.

11. 코스믹 호러

코스믹 호러(cosmic horror)는 인간의 힘으로 해결할 수 없는 미지의 존재에 대한 공포로, 미국의 호러 소설가인 러브크래프트의 이름을 따 러브크래프트식 호러(Lovecraftian horror)라고도 한다. (그러나 정작 코스믹 호러의 창시자는 아서 매켄이고 러브크래프트도 그의 작품에서 영향을 받은 것으로 알려져 있다.)

「광기의 산맥」, 「우주에서 온 색채」 등 러브크래프트의 작품 대부분과 크툴루 신화에 속하는 작품들이 코스믹 호러에 속한다. 크툴루 신화는 러브크래프트가 시작하고 어거스트 덜레스가 정리한 가공의 신화로, 인류가 출현하기 이전부터 지구에는 인간의 상상을 뛰어넘는 기괴한 외계 종족들과 초월적 존재가 살고 있었다는 세계관을 펼친다.

코스믹 호러에서 주인공은 종종 서서히 조여오는 알 수 없는 공포와 맞닥뜨리며, 공포를 유발하는 주체는 끝내 드러나지 않거나, 극히 일부만을 보여 주거나 세계가 파멸된다는 암시를 주며 끝난다. 따라서 코스믹 호러의 결말은 필연적으로 배드 엔딩일 수밖에 없다. 코스믹 호러에서 인간은 지극히 무력한 존재이다.

스티븐 킹 원작 소설을 바탕으로 새로운 결말을 제시, 관객에게 충격을 준 영화 <미스트>, 제프 벤데미어의 서던 리치 3부작 중 1부를 바탕으로 한 알렉스 가랜드 감독—<엑스 마키나>, 드라마 <데브스>로 독특한 분위기의 SF 작품들을 펼쳐 나가고 있다—의 <서던 리치: 소멸의 땅>이 코스믹 호러의 좋은 예다. <서던 리치: 소멸의 땅>의 원제는 annihilation, 소멸, 절멸이라는 뜻으로 의문의 격리구역 '쉬머(shimmer)'에 들어간 레나와 탐사대원들이 경험하는 끔찍한 일들을 그린다. 쉬머는 물 위의 기름 막처럼 불쾌함을 일으키는 무지개색으로 빛나는데, 러브크래프트의 「우주에서 온 색채」에서 영향을 받은 듯하다. 「우주에서 온 색채」는 니콜라스 케이지 주연의 영화로도 만들어졌고 나쁘지 않은 평가를 받았지만, 영화보다 원작을 먼저 읽어 보길 권한다. 자기 글에 대해 좀처럼 만족하지 못하던 러브크래프트가 스스로 잘 썼다고 인정한 작품인데 분위기만으로 공포를 만들어 내는 솜씨가 대단하다.

이토 준지의 작품들에서도 코스믹 호러의 경향이 드러난다. 이토 준지는 러브크래프트의 팬으로도 알려졌는데 『소용돌이』, 『공포의 물고기』 외에도 다수의 단편이 코스믹 호러에 부합한다.

다소 결은 다르지만 <데스티네이션> 시리즈도 코스믹 호러라고 할 수 있다. 적대적 세력이 절대로 피할 수 없는 '죽음 그 자체'라는 면에서 관객의 공감을 받은 영화다. 죽는 방법도 우리가 일상에서 흔히 볼 수 있는, 그러나 두려움을 가져 본 사물들을 활용

영화 〈데스티네이션〉(2000)

했다는 면에서—잔인함을 위해 다소 과장되게 만들어진 데스트랩보다—훨씬 더 긴장감 있게 다가온다.

코스믹 호러는 러브크래프트가 남긴 작품들보다 훨씬 많은 수의 2차 창작물들이 만들어졌으며 그 인기는 게임으로도 확장되었다. '암네시아 시리즈'나 '사이렌 시리즈', <아웃라스트> 등은 코스믹 호러의 분위기를 잘 살린 게임이다. 이런 게임의 특징은 주인공이 미지의 존재와 맞서 싸울 수 없고, 오직 숨거나 도망가거나 퍼즐을 풀며 정해진 루트를 따라 탈출하는 것이 목적이라는 점이다. 코스믹 호러의 주인공들이 느끼는 무력감을 간접 체험하고 싶다면 이와 같은 게임에 도전해 보도록 하자.

12. 메타 호러

메타 호러는 메타 픽션에서 파생된 단어다. 메타 픽션은 작가가 독자에게 지금 읽는 이야기가 실제가 아닌 픽션, 허구라는 사실을 의식하게 만드는 소설이다. 메타 픽션에서는 소설에 대한 이야기를 하거나, 등장인물들이 작품 속 세계가 픽션

이라고 인지한다. 직관적인 메타 픽션의 예시로는 소설가가 소설을 쓰는 것에 대한 소설로, 주인공은 작가의 이름과 같고 소설 속 책의 제목도 실제 책의 제목과 같다.

같은 원리로 메타 호러는 호러에 대한 이야기를 하는 호러 라고 보면 된다. 앞서 소개한 작품들 중에도 메타 호러적인 요소가 포함된 것들이 있다. <스크림>의 주인공들은 슬래셔 장르의 법칙을 조롱한다. <좀비 랜드>에서 영화가 시작되면 주인공은 좀비 세상에서 살아남는 규칙에 대해 관객에게 얘기한다. <퍼니 게임>에서 평화로운 가정에 침입한 사이코패스 청년은 의도적으로 제4의 벽을 넘어 자신의 관점을 설파한다. 이 폭력적인 영화를 보고 있는 너도 결국 우리와 다르지 않다고.

메타 호러의 수작은 <캐빈 인 더 우즈>일 것이다. <캐빈 인 더 우즈>는 호러를 좋아하는 관객들에게 종합 선물 세트 같은 작품이다. 타이틀이 뜨기 전 연구소처럼 보이는 정체를 알 수 없는 공간이 나오는 걸 제외하고, 초반은 여느 B급 슬래셔 영화와 다르지 않다. (이들 일행의 이야기는 <이블 데드>의 공식을 충

영화 <캐빈 인 더 우즈>(2011)

영화 <매드니스>(1995)

실히 따르고 있다.) 기분전환을 위해 여행을 떠난 다섯 명의 젊은 남녀가 숲속의 오두막에 도착한다. 마을 입구의 '돌아가라'라는 경고문은 가뿐히 무시하고.

짐을 풀던 일행은 오르골, 퍼즐, 목걸이 등 기이한 골동품들로 가득 찬 지하실을 발견한다. 그리고 주인공은 정체를 알 수 없는 누군가의 일기장에 쓰여 있는 라틴어를 읽는다. 이로 인해 좀비 가족이 깨어나게 된다.

다시 연구소가 등장하고, 연구소 안에서는 CCTV 화면으로 희생자들을 지켜보며, 희생자들이 어떤 괴물을 불러낼지 내기를 하고 있다. 연구소의 정체는 매년 인신 공양을 위해 다양한 괴물을 관리하는 곳이다. 영화 후반부에 주인공이 연구소로 통하는 엘리베이터에 타면서 지하에 갇혀 있던 괴물들이 우르르 몰려나오는데 각종 호러 영화나 호러 게임에서 따온 크리처로, 호러를 즐기는 관객이라면 어떤 캐릭터를 모티브로 했는지 찾아보는 쾌감이 있다. 풋풋한 시절의 토르, 크리스 헴스워스를 보는 재미는 덤.

메타 호러의 역사를 거슬러 올라가 보면 1995년작 <매드니스>가 있다. 존 카펜터 감독의 작품으로 원제는 러브크래프트의 『In The Mountain of Madness(광기의 산맥)』을 오마주한 <In The Mouth of Madness>.

<In The Mouth of Madness>는 영화 속에 등장하는 작가가 쓴 소설의 제목이다. 그런데 이 소설을 쓴 작가가 출판사에 원고를 넘기기 전 실종된다. 사설탐정인 주인공은 작가를 찾기

위해 편집자와 함께 작가의 또 다른 소설의 배경인 마을로 떠난다. 그 마을에서 탐정은 기괴한 일을 겪게 되고 편집자는 그 마을이 소설 속의 세상이라고 확신한다. 그러나 주인공은 끝까지 부정하려 하고…. 현실과 환상, 허구와 실재의 세계를 혼란스럽게 오가며 서서히 드러나는 진실은 결말에 이르러 관객에게 큰 충격을 준다.

어떤가? 앞서 설명했던 메타 픽션의 예시와 신기할 정도로 겹치지 않는가? 현재 <매드니스>는 유튜브에서 볼 수 있는데 아쉽게도 자막이 지원되지 않는 점은 감안하자.

부록 2. 호러와 타 장르의 결합

앞서 나는 호러가 장르 세상의 소금과 같은 존재라고 했다. 현대인은 지나친 나트륨 섭취를 우려해 소금을 경계하긴 하지만, 소금빵의 인기만 봐도 알 수 있듯 사람들은 여전히 소금의 맛을 사랑한다. 소금이 어느 음식에나 잘 어울리는 것처럼 호러는 어느 장르와도 잘 어울린다. 이번 장에서는 호러와 SF, 호러와 코미디, 호러와 로맨스, 호러와 여성주의가 결합했을 때 각각 어떤 시너지 효과가 나는지 알아보겠다.

1. SF와 호러는 찰떡궁합

SF는 존재하지 않는 세계를 그리는 장르다. 아직 오지 않은 미래에 어쩌면 일어날 수도 있는 일에 대해 이야기하고, 현실을 확 뒤집어보기도 한다. 이러한 SF의 장르적 특성은 미지의 공포를 다루는 호러와 근원적으로 맞닿아 있다. 해외에서는 Sci-Fi 호러라고 불리기도 하며 신체 강탈자, 미친 과학자, 실패한 실험, 좀비 아포칼립스 등이 대표적이다.

주옥같은 SF 호러가 너무 많아 무엇부터 소개해야 할지 모르겠지만, 생사가 달린 문제니 딱 하나만 꼽으라고 하면 <이벤트 호라이즌>이라고 하겠다. '사건의 지평선'이라고 번역되는 이벤트 호라이즌은 블랙홀의 바깥 경계를 말하는데, 영화 속에서는 7년 전 의문을 남기고 사라진 우주선의 이름이다. 이벤

영화 〈이벤트 호라이즌〉(1997)

트 호라이즌호에서 희미한 생존 신호를 확인한 미 항공 우주국은 구조대를 파견하고, 주인공 일행은 이벤트 호라이즌호를 발견한다. 그러나 이벤트 호라이즌호의 대원들은 모두 숨진 상태. 구조대들은 자신들의 죄책감과 관련된 환영에 시달리며 하나둘 목숨을 잃기 시작하는데…. 〈이벤트 호라이즌〉은 우주선이라는 폐쇄된 공간에서 일어나는 공포를 잘 다루고 있다. 우주선 안에서 일어나는 공포는 꽤 효율적이다. 우주선 밖으로 나가는 건 곧 죽음을 의미하기 때문이다. 대니 보일 감독의 〈선샤인〉도 죽어가는 태양을 살리는 임무를 맡은 대원들이 겪는 섬뜩한 사건을—후반부에 이르기 전까지는—긴장감 있게 보여 준다.

비슷한 분위기의 영화를 보고 싶다면 〈팬도럼〉이나—우주선은 아니고 달 기지에서 벌어지는 일이긴 하지만—〈더 문〉을 추천한다.

조금 더 철학적인 사유를 하고 싶다면 〈솔라리스〉는 어떨까. 폴란드의 SF 작가 스타니스와프 렘의 소설이 원작인 〈솔라리스〉는 세 번이나 영화로 만들어졌다. 1968년 당시 소련 중앙방송국에서 제작한 흑백 영화, 1972년 안드레이 타르콥스키 감독의 영화, 2003년 스티븐 소더버그 감독의 영화로 각각의 작품을 비교해 보는 것도 재미있다.

앞의 작품들이 우주선 내부의 적에 대해 다룬다면, 지금부터 소개할 작품들은 우주선 내에 침입한 괴생명체와의 사투를 다룬다. <에일리언>이나 <라이프> 같은 영화가 대표적이다. 특히 <에일리언>은 시리즈로 발전하면서 <프로메테우스>에 이르러서는 인간을 창조한 외계인인 엔지니어들의 이야기로 까지 세계관이 확장된다.

외계에서 온 정체를 알 수 없는 무언가의 공격도 SF 호러 단골 소재로, 코스믹 호러와 통한다. 앞서 언급한 <미스트>, <서던 리치: 소멸의 땅>, <컬러 아웃 오브 스페이스> 외에도 크툴루 세계관을 바탕으로 하는 <언더 워터>, 눈을 뜨고 세상을 바라보면 스스로 목숨을 끊게 만드는 초자연적 존재를 그린 <버드 박스>도 코스믹 호러인 동시에 SF적인 요소를 갖고 있다.

미친 과학자의 실패한 실험의 원조는 <지킬 박사와 하이드 씨>겠지만, <플라이>의 기괴함을 따를 작품은 없을 것이다. 순간이동 장치를 연구하던 과학자 브런들은 자신을 실험 대상으로 전송하는데, 실수로 파리 한 마리가 장치 속에 같이 들어

영화 <프로메테우스>(2012)

<컬러 아웃 오브 스페이스>(2020)

간다. 파리와 유전자가 뒤섞여 버린 브런들이 변해가는 모습은 흉측하고 끔찍하지만 그의 마지막 선택은 오랜 여운이 남는다.

<큐브>도 뛰어난 SF 호러다. 눈을 떠 보니 정육면체 모양의 방 안에 갇혀 있는 사람들. 그곳에 온 이유도, 서로에 대해서도 알지 못한다. 큐브에서는 상상을 자극하는 기발한 살인 트랩들이 나오는데 고어함을 꺼리는 사람들은 불편할 수 있겠다. (<큐브>를 좋아한다면 SF적인 요소는 없지만 방 탈출 카페를 모티브로 한 <이스케이프 룸>을 추천한다.)

바디 스내처, 신체 강탈자물로는 <언더 더 스킨>, <더 패컬티>, <인베이전>, 그리고 1982년작 <더 씽> 등이 있다. <더 씽>의 '그것'은 정확히 말하면 신체 강탈자가 아니라 인간의 모습으로 변할 수 있는 괴생명체. 이 중에 내가 가장 좋아하는 영화는 로버트 로드리게스 감독의 <더 패컬티>다. 고등학교를 배경으로 한 신체 강탈자물로 외계인에게 몸을 빼앗긴 교사들을 통해 강압적인 학교 교육을 풍자하고 있다. 1998년 영화인 만큼 조쉬 하트넷, 일라이저 우드 등 그때는 신인이었지만, 나중에 성공한 배우들이 많아 얼떨결에 호화 캐스팅 영화가 되었다. 영화 OST도 경직된 학교 교육에 반대하는 핑크 플로이드의 'Another Brick in the Wall Part 1/2'.

신체 강탈자물의 공포 요소는 "내가 아는 사람이 내가 아는 그 사람이 아닌 것 같아."의 연장선에 있다. 그래서 신체 강탈자물의 서사는 악령에게 몸을 빼앗기는 오컬트와도 유사하다.

2. 호러와 코미디는 동전의 양면?

로버트 블록은 "코미디와 호러는 동전의 양면(Comedy and horror are opposite sides of the same coin)."이라고 말했다. 호러 영화를 즐겨 보는 사람이라면 뜬금없이 등장하는 유머 코드에 피식 웃어 버린 경험이 있을 것이다. 호러에는 코믹 요소를 가미하는 경우가 많은데, 여기에는 두 가지 목적이 있다. 하나는 관객들의 긴장을 풀어 주기 위해서, 하나는 긴장이 풀어진 관객을 급습하기 위해서다. 귀신의 집에 가 봤다면 입구에서 원숭이 인형들이 심벌즈를 치며 관람객을 반겨 주는 것을 본 경험이 있을 것이다. 으스스한 장소에서 마주친 발랄함은 우리의 감각에 균열을 일으킨다.

이처럼 호러에 코믹 요소를 가미한 정도가 아니라, 대놓고 무섭고 우습게 만든 작품이 호러 코미디, 혹은 코미디 호러라 불리는 장르다. 호러 코미디는 좀비 코미디와 패러디물, 블랙 코미디로 나뉜다.

좀비 코미디는 좀비물에 슬랩스틱 코미디 요소를 더한 것이다.

<새벽의 황당한 저주(Shaun of the dead)>는 제목부터 <새벽의 저주(Dawn of the dead)>의 패러디다. 에드거 라이트 감독은 우리에게 <스콧 필그림 vs. 더 월드>로 알려졌는데, <새벽의 황당한 저주>와 더불어 <뜨거운 녀석들>, <지구가 끝장나는 날>은 코르네토(영국 아이스크림 브랜드) 트릴로지, 피와 아이스크림 3부작이라 불린다. 그는 코미디에 일가견이 있지만 <새

영화 〈새벽의 황당한 저주〉(2004)   영화 〈무서운 영화〉(2000)

벽의 황당한 저주〉에는 좀비가 사람을 산 채로 찢는 등 잔혹한 묘사도 많아 사람에 따라서는 인상이 찡그려질 수도 있겠다.

넷플릭스 드라마 〈산타 클라리타 다이어트〉도 좀비 코미디다. 드류 베리모어의 연기가 돋보였지만 인육을 먹는다는 설정 때문에 잔인한 장면이 많아서였을까. 시즌 3에서 다음 시즌을 예고하며 끝났으나 시청률 문제로 시즌 4 제작이 취소되었다. (안 돼애애애애애!)

제시 아이젠버그, 우디 해럴슨, 엠마 스톤 등 화려한 캐스팅으로 국내에서도 인기를 끈 〈좀비 랜드〉도 좀비 코미디다. 특히 좀비들에게 물리지 않기 위해 집 안에서 좀비로 분장하고 다니는 빌 머레이가 나오는 부분은 압권이다.

〈라이프 애프터 베스〉는 좀비 로맨틱 코미디라고 할 수 있다. 하이킹 갔다가 뱀에 물려 죽은 여자친구가 다시 살아오면서 벌어지는 일이다. 문제는 살아온 여자친구가 좀비라, 시간이 갈수록 외적으로는 썩어가고, 정신적으로는 본능만 남아 인간성을 잃어간다는 점이다. 우리는 사랑하는 사람을 잃은 경우, 그리워하고 다시 돌아오기를 바라기도 한다. 그러나 그들이 회복 불가능한 상태로 돌아온다면, 우리는 과연 그들을 진심으로 기쁘게 맞아줄 수 있을까. 좀비물은 코믹 요소가 있든 없든 죽음에 대해 다시 생각할 여지를 준다.

패러디물로는 <스크림> 시리즈 패러디를 기본으로 <식스센스>와 <블레어 윗치> 등 호러 영화의 패러디를 곳곳에 심어 놓은 <무서운 영화>가 가장 유명하다. <무서운 영화>는 시리즈로 5편까지 만들어졌는데 회차가 거듭될수록 패러디의 묘미보다 1차원적인 유치한 개그로 혹평을 받았다. 이후로도 함량 미달의 패러디 영화들이 만들어졌지만, 영화관에서 개봉하지 못하더라도 비디오 시장에서는 꽤 인기를 끌었다고 한다.

패러디물이 저예산으로 관객들의 말초적인 웃음을 자극한다면 블랙 코미디는 형이상학적이고 부적절한 웃음을 유발한다. 세상의 부조리함과 인간의 모순을 드러내 쓴웃음을 유발하는 장르가 블랙 코미디다.

학술적으로 접근한다면 문학적으로는 외젠 이오네스코의 <대머리 여가수>나 프란츠 카프카의 작품에 대해, 영화적으로는 코엔 형제나 쿠엔틴 타란티노의 영화에 대해 논해야겠지만 여기서는 지금까지 그래왔듯이 내가 좋아하는 작품 위주로 소개하겠다.

블랙 코미디에 입문하는 사람이라면 <혐오스런 마츠코의 일생>, <킬 유어 프렌즈>, <아메리칸 사이코>는 꼭 보자. 그리고 블랙 코미디에 내성이 생겼다 싶으면 요르고스 란티모스 감독의 작품에 도전하자. <송곳니>, <더 랍스터>, <킬링 디어> 등 그의 작품은 풍자하고자 하는 주제를 뚜렷이 담은 블랙 코미디다. 특히 <킬링 디어>에서 저주를 받은 주인공은 가족 중 하나를 죽이지 않으면 모두가 죽는 상황에 놓인다. 주인공은 아내와 남매 중에서 누구를 죽일지 선택해야 하지만 결정하지 못하고 상황은 점점 악화된다. 결국 그는 가족들이 둘러앉은 거실 한가운데서 총을 들고 검은 비니를 뒤집어쓴 채 빙글빙글 돌다가 가족 중 한 사람을 죽인다. 결코 웃기지 않은 상황이지만 허둥대는 주인공을 보며 관객은 실소를 머금게 된다. 물론 사람에 따라 불쾌감만 느낄 수도 있으니 주의할 것.

3. 호러와 로맨스

호러와 로맨스의 상관관계에 대해서는—'로맨스 쓰는 호러 작가'에서 언급했듯이—두 장르 다 인간의 심연에 맞닿아 있다고 생각한다. 그런데 실제로 로맨스를 중점적으로 다루는 로맨틱 호러라는 장르가 있다. 로맨스와 스릴러를 결합한 '로맨스릴러'는 길리언 플린의 『나를 찾아줘』 이후 주목을 받았고, 국내에서 공모전까지 열리는 인기 장르로 부상했지만 로맨틱 호러는 아직 많이 개척되지 않은 블루 오션, 즉 잠재력을 갖춘 장르다. 그래도 찾아보면 지금까지 공개된 로맨틱 호러가 적지 않다는 사실을 알게 된다.

로맨틱 호러의 남자 주인공 인기 투표를 한다면 1등은 보나마나 뱀파이어일 것이다. 앞서 소개한 <뱀파이어와의 인터뷰>

의 레스타와 루이는 뱀파이어를 피 빨아먹는 괴물에서 병약해 보이는 귀족의 이미지로 변신시켰다. <트와일라잇>에 이어 <트루 블러드>까지 잘생긴 뱀파이어만 주인공하는 더러운(?) 세상에 한숨 쉴 때쯤 드디어 좀비 로맨스가 나왔다. 니콜라스 홀트 주연의 <웜

영화 <웜 바디스>(2013)

바디스>. 좀비가 된 남자 주인공 R이 여자 주인공 줄리와 사랑에 빠지는 이야기인데 이름만 봐도 로미오와 줄리엣을 모티브로 하여 만들어졌다는 걸 알 수 있다. 다행히 비극적인 결말은 아니지만 내가 원하는 결말은 아니었다. 나는 <슈렉>처럼 기존의 클리셰를 뒤집는 서사를 선호한다. 좀비 코미디에서 언급한 <라이프 애프터 베스>나 귀신을 보는 연인과 목숨을 건 연애를 한다는 설정의 <오싹한 연애>도 로맨틱 호러의 요소를 갖고 있다.

기예르모 델 토로의 <크림슨 피크>는 고딕 호러인 동시에 로맨틱 호러다. 유령을 보는 소설가 이디스가 영국인인 토마스와 사랑에 빠져 '알러데일 홀'에 가서 살게 되면서 벌어지는 이야기를 그렸다. 기예르모 델 토로 감독의 인장처럼 잔혹한 장면이 등장하지만, 어른들의 동화 같은 느낌이 나기도 한다. 서사 면에서는 지루한 감이 있었지만──평론가나 관객들 사이에서도 호불호가 갈리는 작품이다──음산하고 아름다운 배경과 주인공들의 옷차림만 보더라도 눈이 즐겁다.

영화 〈크림슨 피크〉(2015)   영화 〈박쥐〉(2009)

박찬욱 감독의 〈박쥐〉, 파트리크 쥐스킨트의 원작을 바탕으로 만든 〈향수: 어느 살인자의 이야기〉도 결국은 사랑에 대한, 사랑으로 인해 파멸하는 인간의 이야기, 로맨틱 호러다.

팀 버튼의 〈유령 신부〉, 〈스위니 토드: 어느 잔혹한 이발사 이야기〉, 〈가위손〉도 로맨스에 으스스한 분위기를 더했다. M. 나이트 샤말란 감독의 〈빌리지〉, 욘 아이비데 린드크비스트의 〈렛 미 인〉도 참고해 보면 좋겠다.

말 나온 김에 블루 오션을 개척해 보자는 의미에서 이 장의 끝에 내가 쓴 로맨틱 호러 단편 〈영화관의 유령〉을 공개하고자 한다. (기대해 주세요!)

4. 호러와 여성주의

호러는 전위적인 장르다. 사회의 금기에 도전하고, 클리셰의 고착화를 경계하며, 장르로서의 한계를 뛰어넘는다. 오랜 시간, 호러는 여성을 성적으로 대상화했다. 영화가 시작하자마자 살인마들에게 폭행당하고, 강간당하고, 살해당했다. 괴물 영화에서 여성은 싸움에 이긴 남성에게 주어지는 트로피였다.

그럼에도 불구하고 호러는 페미니즘을 도입한 선구자라 할수 있다. <할로윈>에서 마이클 마이어스와 싸우는 로리 스트로드, <에일리언>에서 자신의 두 배가 넘는 크기의 에일리언을 제압하는 리플리를 보라. <스크림>의 시드니도 살인마에 맞서 싸우는 생존자다. 슬래셔 영화에서 강한 여성 캐릭터의 활약은 두드러진다.

<디센트>는 동굴 탐험을 떠나는 여섯 명의 여성에 관한 영화다. 어딘지 모르게 위태로워 보이던 이들의 관계는 지하 동굴에 나타난 괴생명체의 등장과 더불어 붕괴되는데, 정작 괴물보다 무서운 건 친하다고 생각했던 친구들. (역시 나는 괴물보다 사람이 무섭다고 말하는 이야기가 좋다.)

쥘리아 뒤쿠르노 감독—두 번째 작품인 <티탄>은 2021년 칸 황금종려상을 수상했다—의 <로우(raw)>는 억압되었던 여성의 욕망을 섬세하면서도 과감하게 표출한다.

멋진 복수극도 있다. <네 무덤에 침을 뱉어라>는 자신을 강간한 남성들을 죽음으로 응징하는 이야기다. 나쁜 놈들을 속시원하게 때려 부수는 서사에서 제대로 대리만족을 느낄 수 있지만, 다소 현실성이 떨어진다는 면에서 복수극이라기보다 복수 판타지라고 할 수 있겠다. (이런 영화의 주인공이나 <터미네이터>의 사라 코너, <매드 맥스>의 퓨리오사 같은 캐릭터를 볼 때면 운동을 열심히 해야겠다고 생각하지만 영화가 끝나면 그 결심은 온데간데 없이 사라지고…)

영화 〈로우〉(2017)

영화 〈프라미싱 영 우먼〉(2020)

〈프라미싱 영 우먼〉은 속이 시원하다고만 할 수 없는 현실적인 복수극이다. 주인공 캐시는 의대생이었으나 지금은 커피숍 아르바이트를 하며 밤에는 술 취한 여성에게 작업을 거는 남자들을 응징한다. 캐시가 이러는 이유는 7년 전 죽은 친구 니나 때문이다. 니나는 대학교 축제 때 술 취한 남학생들에게 집단 성폭행을 당했고, 그 동영상이 교내에 떠돌며 심적인 고통을 견디지 못하고 극단적 선택을 했다. 캐시는 니나에게 도움이 되지 못했다는 자책감으로 괴로워하지만, 정작 가해자들은 처벌은커녕 행복한 삶을 살고 있었다. 그러던 어느 날, 캐시가 일하는 카페에 대학 동창인 라이언이 오고, 캐시는 그와 가까운 사이가 된다. 라이언을 통해 가해자들의 근황을 알게 된 캐시는 복수를 결심하는데⋯. 〈프라미싱 영 우먼〉은 결말을 보고 나면 반드시 누군가와 토론하고 싶어지는 웰메이드 영화로 93회 미국 아카데미 시상식에서 각본상을 받았고, 그 외에도 수상 이력이 많다.

〈바바둑〉은 표면적으로는 바바둑이라는 정체불명의 동화책을 읽어 준 뒤 악령에 쓰인 엄마의 이야기지만, 한 겹 벗겨

보면 싱글맘이 현실에서 느낄 수 있는 공포를 실감 나게 다루고 있다.

<인비저블 맨>은 소시오패스 남편으로부터 가짜로 해방된 세실리아가 고난의 과정을 거쳐 진짜 해방으로 간다는 성장담이다.

<미드소마>는 남성 캐릭터에게는 악몽일지 몰라도 주인공에게는 일단 해피 엔딩이다. 영화 초반, 어두운 방구석에 쪼그려 앉아 있던 주인공과 마지막 장면에서 화환을 쓰고 눈이 부신 듯 찡그린 채 웃는 주인공의 대비가 인상적이다. 이 영화에서 가장 기억에 남는 장면은 절벽에서 뛰어내린 노인을 망치로 죽…이는 부분이 아니라, 주인공이 통곡할 때 마을 여자들이 같이 울어 주는 장면이다. 우리는 때때로 어떤 위로의 말보다 같이 울어 주는 행위를 통해 치유된다.

미아 고스가 아름답고 매력적인 사이코패스를 연기한 <펄>은 기존 여성 살인마―일본 호러 소설 『리카』나 『검은 집』의 사치코처럼 차에 치여도, 소화기로 머리를 내리쳐도 죽지 않는―의 이미지를 뒤엎으며 신선한 감각을 안겨 준다.

출판계에서도 여성주의 호러가 인기를 끌고 있다. 장르 소설을 좋아하는 20, 30대 여성 팬층이 두텁다 보니 그들을 중심으로 더는 여성들이 소모적으로 죽는 호러는 보지 않겠다는 생각이 확산되는 것이다. 메리 셸리나 엘리자베스 개스켈, 이디스 워튼, 버넌 리, 도러시 매카들의 작품이 <여성과 공포> 시리즈, 여성 고딕 작가 작품선인 『공포, 집, 여성』 등이 시대를 거슬러 출간되었다.

　여성주의 색채를 띤 국내 작품들도 속속 출간되고 있다. 2022년 부커상 최종 후보에 오른 정보라 작가의 『저주토끼』, 이종산 작가의 『빈 쇼핑백에 들어있는 것』, 내가 쓴 『양꼬치의 기쁨』, 그리고 나를 포함, 다양한 여성 호러 작가가 모여 쓴 『우리가 다른 귀신을 불러오나니』는 여성주의 호러라고 할 수 있다. 소설은 아니지만 『여자가 쓴 괴물들: 호러와 사변소설을 개척한 여성들』도 추천한다.

부록 3. 나라마다 다른 풍습, 나라마다 다른 호러

1. 미국

미국은 호러의 본고장이라고 해도 과언이 아니다. 그런 만큼 종류도 다양하고 광범위한 것이 특징이다. B급 호러에서 고품격 호러까지, 미국에서 호러는 주류 장르다. 식당으로 비유하자면 다양한 음식을 맛볼 수 있는 뷔페 식당이라고 할 수 있다.

지금 당장 미국 호러에 대해 알고 싶은 사람은 드라마 <아메리칸 호러 스토리>를 보자. <아메리칸 호러 스토리>는 2011년부터 현재까지 총 12시즌이 만들어졌다. (시즌 12의 파트 2는 2024년 4월 3일 방영되고 시즌 13까지 계획 중이라고 한다.) <워킹 데드>가 좀비물의 종합 선물 세트라면 <아메리칸 호러 스토리>는 제목 그대로 미국식 호러의 대백과 사전이다.

<워킹 데드>가 좀비로 가득한 세상에서 살아남은 사람들의 갈등과 사투를 하나의 스토리 라인으로 쭉 이어가는데 반해, <아메리칸 호러 스토리>는 각각의 시즌이 독립적으로 구성되어 어느 시즌부터 봐도 상관없다. 예를 들어 시즌 1은 저주받은 집(Murder House), 시즌 2는 정신병원(Asylum), 시즌 3은 마녀 집회(Coven)인 식이다. 내가 가장 좋아하는 시즌은 네 번째 시즌인 프릭

FX 시리즈 <아메리칸 호러 스토리>(2011~)

쇼(Freak Show)다. 몇 명의 교체가 있긴 하지만 <아메리칸 호러 스토리>에는 시즌마다 동일한 배우들이 등장한다. 어제는 로미오였던 배우가 오늘은 햄릿을 연기하는 식이다. 이를 연극 용어로는 레퍼토리 플레이어(repertory player)라고 한다는데 <SNL>의 고정 출연자나 <신비한 TV 서프라이즈>의 재연 배우와 비슷한 느낌이다.

영미권 사람들은 대체로 자신에게 위해를 가할 수 없는 유령보다 물리적인 해를 입힐 수 있는 살인마를 더 두려워한다. 그러므로 호러 영화도 살인마가 등장하는 슬래셔 장르가 많았다. 앞서 하위 장르에서 소개한 마이클 마이어스나 제이슨처럼 가면 쓴 살인마라든가, <쏘우> 시리즈, <호스텔> 시리즈 등은 시리즈를 거듭할수록 내용은 부실하고 영상은 잔혹해졌다.

이처럼 자극의 수위를 높인 영화들은 2000년대 중반까지 인기가 이어지지만, 비슷한 플롯의 반복은 역시나 사람들에게 '지겹다'는 인상을 주었다. 그러던 중 호러 팬들에게 새로운 공포를 주는 작품이 나왔다. 국내에서 2009년에 개봉한 <파라노

영화 〈쏘우〉(2004)

영화 〈호스텔〉(2005)

말 액티비티>다. (이제는 호러의 명가로 불리는 블룸하우스에서 제작했다.) 드디어 미국인들도 신체 훼손이 장면이 대놓고 나오지 않아도 무서울 수 있다는 사실을 깨닫게 된 것이다!

<파라노말 액티비티>로 '보이지 않는 공포'에 맛을 들인 미국에서는 <인시디어스> 시리즈나 <컨저링>, <애나벨>, <더 넌> 등 유령이 등장하는 호러 영화가 인기를 끌기 시작했다.

2020년대 들어 미국 호러는 더욱 다양해지며 몇몇 천재적인 감독들을 위시로 한 작품성 있는 '예술 공포'의 시대로 들어선다.

호러에 인종차별 문제를 결합한 조던 필 감독의 <겟 아웃>, 분위기로 사람 잡는 <더 위치>와 <라이트 하우스>의 로버트 에거스 감독, 그리고 최근 들어 호러 영화계에서 가장 주목받는 아리 애스터 감독의 <유전>과 <미드소마>. <유전>과 <미드소마>를 제작한 제작사 A24는 블룸하우스에 이어 떠오르는 호러 제작사다. 그로테스크라면 따라올 자가 없는 그리스 감독 요르고스 란티모스의 <랍스터>나 <킬링 디어>의 제작사도

영화 <겟 아웃>(2017)

영화 <멘>(2022)

A24다. 알렉스 가랜드 감독의 <맨> 역시 A24에서 제작했다. 알렉스 가랜드 감독은 부천 국제 판타스틱 영화제 인터뷰에서 "A24에는 내가 진짜 영화로 만들고 싶은 이야기를 분명히 말할 수 있다. 그들은 주류에서 벗어난 이야기를 원하는 관객도 있다면서 내 말에 주목해 주기 때문이다."라고 했다.

물론 이들 이전에도 대런 애러노프스키 감독이 있었다. 아름다운 미장센에 철학을 녹인 <블랙 스완>은 욕망으로 파멸해 가는 인간의 내면을 섬세하게 들여다본 심리 호러 영화다. <마더!>는 평화롭지만 뭔가 어긋나 보이는 부부의 집에 낯선 이들이 찾아오면서 벌어지는 극단적인 상황을 그리고 있다. 대런 애러노프스키 감독의 영화는 호러라고 생각하지 않고 본 관객들도 많을 것이다. 그만큼 순한 맛이다.

예술 공포—내가 멋대로 붙인 이름이지만—는 그 이름에 걸맞게 품격 있으며 무엇 하나 아름답지 않은 것이 없다. 이런 작품들은 호러라면 킬링타임용 B급 영화라고 색안경을 쓰고 보던 사람들의 안경을 벗기는 역할을 했다. 그러므로 호러 초심자들이라면 예술 공포에 관심을 가져 보는 것도 좋겠다.

OTT 서비스의 선구자인 넷플릭스는 공포물의 패러다임에도 변화를 가져왔는데, 앞서 언급했듯 공포의 고전을 드라마로 만든 <힐 하우스의 유령>과 <블라이 저택의 유령>은 공포보다 감성에 힘을 주어 사람들의 공감을 불러일으키고 있다. 두 작품이 마음에 들었다면 <어둠 속의 미사>와 <어셔가의 몰락>도 도전해 보자.

차린 건 많지만 먹을 건 별로 없는 넷플릭스를 내가 끊지 못하는 이유는 <러브, 데스+로봇> 시리즈 때문이다. 애니메이션 앤솔러지인 이 시리즈의 주된 테마는 SF 호러, 판타지 호러로 호러가 아니더라도 고어한 표현이 많은 편이다. 그러나 '세 대의 로봇'이나 '요거트가 세상을 지배할 때' 같은 귀여운 에피소드도 간혹 있다. <러브, 데스+로봇>에서 내가 가장 사랑하는 에피소드는 시즌 1의 '지마 블루', 두 번째는 시즌 2의 '거인의 죽음', 세 번째는 시즌 3의 '히바로'다. 아이러니하게도 세 작품 다 호러는 아니다.

2. 일본

일본은 미국과 함께 호러의 양대 산맥이라 할 수 있다. 미스터리 작가들이 호러를 쓰는 경우도 많고, 인간이 아닌 괴이 존재가 등장하는 애니메이션도 많다. 옛날부터 전해 내려오는 요괴도 많다. 당장 떠오르는 요괴만 해도 애니메이션 <갓파 쿠와 여름방학을>에 나오는 갓파부터 눈이 오는 날 아름다운 여인의 모습으로 나타난다는 유키온나(雪女), <원피스>의 주인공 루피의 팔처럼 목이 어디까지고 늘어나는 요괴인 로쿠로쿠비, <파묘>에서 등장한 여자 얼굴을 한 뱀인 누레온나 등이 있다.

일본은 왜 호러가 주류 장르가 됐을까?

일본은 섬나라다. 바다로 둘러싸인, 대륙으로부터 고립된 환경에서 언제 침몰할지 모르는 두려움을 안고 산다. 또한 지진, 태풍, 쓰나미 등 자연재해를 겪으며 삶의 터전인 집이 한순간에 붕괴되는 경험을 했다. 사랑하는 사람들을 잃었다. 자연재해 앞에서 인간은 속수무책이다. 불운은 우연적이며 아무리 열심히 살아도 한순간 허망하게 죽을 수 있다. 그런 요인들이 삶에 대해 일정 부분 체념하게 만든 것인지도 모른다. 그래서 인지 일본에는 비관적이고 극단적인 성향의 호러가 많다.

나카타 히데오 감독의 영화 <링>(원작은 스즈키 코지의 소설)을 보자. 염사 능력을 타고 난 사다코는 그로 인해 여러 사건을 겪은 뒤 우물에 갇혀 죽는다. 원한을 품은 사다코는 자신의 능력으로 저주의 비디오를 만들어 낸다. 저주의 비디오를 본 사람들이 죽어 간다. 주인공인 레이코의 아들도 비디오를 보게 되었고, 레이코는 저주를 풀기 위해 전남편 류지와 함께 사다코에게 일어난 일을 추적한다. 마침내 레이코 일행은 사다코의 원한을 풀어주는데…. 영화는 끝나지 않는다. 장면이 바뀌면 호러 영화사에서 가장 유명하고 섬뜩한―TV에서 사다코가 기어 나오는―장면이 나오고 류지가 죽는다.

어? 원한이 안 풀렸어? 레이코는 자신이 하고 류지가 하지 않은 일이 무엇인지 고민하다 비디오를 복사해 다른 이에게 보여 주는 것임을 알게 된다. 그렇다. 풀리지 않는 저주의 답은 저주의 확산뿐이다. 죽음의 비디오테이프는 바이러스처럼 복사되어 퍼져 나간다. 자기가 살기 위해 남을 죽여야 하는 것이다.

<주온>의 귀신도 만만치 않다. 주온(呪怨)은 시미즈 다카시 감독이 만든 조어로 "원한을 품은 사람이 죽은 장소에 깃든 저주가 그곳을 거쳐 가는 사람들에게 전염된다."는 뜻이다. (영화

가 시작되기 전 자막으로 나온다.) 이 영화의 가야코도 사다코처럼 원한을 품고 죽었다. 복수의 메커니즘도 사다코와 비슷하다. 자신에게 해를 끼친 사람에게뿐만 아니라 누구든 상관없이 무차별적으로 공격한다. 불특정 다수를 살해하는 묻지마 범죄와 닮았다. 그

영화 〈주온〉(2022)

래서일까. 한풀이를 통해 성불하는 한국의 귀신과 달리 일본의 귀신은 봉인하거나 소멸시킨다. <주온>에서 섬뜩한 장면을 꼽으라면 단연 이불 속에서 귀신이 쳐다보는 장면이다. 우리는 두려움을 느낄 때 이불을 뒤집어쓴다. "이불 밖은 위험해!"라는 말도 있다. 그런데 이불 속에서 귀신이 나오다니, 완전히 역발상 공포였다. 하지만 나는 그 장면을 보며 크게 웃었다. 이처럼 웬만한 영상물에는 공포를 느끼지 않는 내가 <주온>의 비디오 판을 봤을 때는 오싹했다. 가야코가 분신술을 써서 운동장을 점점 메우고, 마침내 운동장을 가득 채운 '가야코들'이 좌우로 천천히 몸을 흔드는 장면이었다. 귀신이 손오공처럼 분신술을 쓴다는 황당무계한 설정이었지만, 그 이미지만큼은 확실히 임팩트가 있었다.

주온은 세계적인 인기를 끌며 시리즈가 이어졌다. 할리우드에서도 <그루지> 시리즈로 리메이크되었다. <프레데터 대 에일리언>, <프레디 대 제이슨>처럼, <사다코 대 가야코>라는 농담 같은 영화도 나왔다. (실제로 만우절 농담으로 만든 포스터로부터 영화로 만들어 보자는 논의가 시작되었다고 한다.)

<주온>의 인기가 시들해지고 일본 공포도 여기까지인가 싶었을 때 넷플릭스에서 <주온>의 드라마 시리즈가 나왔다. 여섯 개의 에피소드로 이뤄진 <주온: 저주의 집>이다. 우리에게 친숙한 귀신인 가야코나 토시오는 등장하지 않고 <주온>의 세계관만 공유하는 작품이다.

<온다>는 사와무라 이치의 소설 『보기왕이 온다』를 원작으로 한 영화다. 사와무라 이치는 데뷔작인 『보기왕이 온다』로 일본 호러 소설 대상을 수상했다. 이후에도 히가 자매—영매사인 마코토와 코토코—시리즈인 『즈우노메 인형』, 『시시리바의 집』, 『나도라키의 머리』, 『젠슈의 발소리』를 펴냈고, 이외에도 활발한 작품 활동을 하고 있다. '보기왕'은 오래전부터 전해 내려오는 전설과 같은 존재로 매우 흉포하며 지능을 가진 집요한 요괴다.

영화 <온다>는 <혐오스런 마츠코의 일생>의 나카시마 테츠야 감독이 만드는 작품이라 꽤 기대했는데, 기대하면 언제나 실망하는 법. 중반까지 잘 쌓아 올린 서사가 마지막은 오므라이스가 되어 버리고 만다. (왜 오므라이스인지 궁금한 사람은 영화를 보자.)

테츠야 감독은 비극적인 내러티브에 알록달록한 색감을 쓰며 내용과 분위기의 간극을 능수능란하게 표현하는 감독이지만, 결말은 헛웃음을 자아내게 한다. 그래도 비열한 아버

영화 <온다>(2020)

지 역할을 맡은 츠마부키 사토시와 <고백>에서 테츠야 감독과
호흡을 맞춘 마츠 타카코의 퇴마사 연기만큼은 인상 깊었다.

일본에 이렇게 끈질긴 귀신만 있는 건 아니다. 일본은 익스
트림 고어 장르에서 어느 나라에도 뒤지지 않는다. 고어를 좋
아한다면 미이케 다카시 감독의 <오디션>, <이치 더 킬러>(『고
로시야 이치』라는 만화가 원작), 시라이시 코지 감독의 <그로테스
크>를 보자. 단, 고어가 싫은 사람은 검색해 보지도 말자.

또한 일본에는 우리에게 친숙한 <오징어 게임>처럼 서바이
벌 장르가 많다. <배틀 로얄>, <신이 말하는 대로>, <아리스 인
보더랜드> 등의 영화나 드라마는 대부분 선정적이고, 고어하
고, 약간 유치한 감도 있다. 그렇지만 <배틀 로얄>의 만화 버전
은 빼어난 작품이다. <배틀 로얄>은 섬 하나에 중학교 3학년생
한 반을 가두고 생존자 한 명이 남을 때까지 서로를 죽이는 게
임이다. <헝거 게임>하고도 비슷한 설정이다. 영화로도 나왔
지만 만화 쪽이 백만 배는 더 좋다. 물론 고어 묘사가 많이 나
오고 선정성도 높은 편이다. <배틀 로얄>의 주인공은 슈야지
만 내가 가장 좋아하는 캐릭터는 소마 미츠코다. 소마 미츠코
는 자기가 살고자 다른 아이들을 잔혹하게 살해하는 악역인
데, 회상 장면에서 아버지에게 성폭행을 당한 과거가 얼핏 등
장한다. 그 장면에 등장하는 대사가 인상적이다. "빼앗기는 자
보다 빼앗는 자가 되고 싶었다."

결국은 착하고 정의로운 슈야가 주인공 버프로 최후의 1인
이 되지만 나는 대놓고 살아남고자 하는 욕망을 발산하는 소

마 미츠코를 응원했다.

좀비는 일본에서도 인기다. <아이 엠 어 히어로>와 <카메라
를 멈추면 안 돼!>는 독특하고 재미있다. 특히 <카메라를 멈추
면 안 돼!>는 코미디와 감동이 적절하게 조합된 좀비 영화다.
초반 30분은 지루할 수 있으나 그 고비만 넘기면 재미가 기다
리고 있으니 조금 인내심을 가져 보는 것도 좋겠다.

3. 태국

태국 호러는 고전적인 호러 영화의 느낌을 계승한다. 좋게
말하면 계승이고 나쁘게 말하면 답습이다. 머리 긴 여자 귀신
이 갑자기 튀어나온다거나, 끼야아아앙 같은 기괴한 효과음과
함께 점프 쇼트로 다가오는 귀신은 친숙하고 정겹기까지 하
다. 괴담의 느낌도 풍긴다. 21세기에 보는 20세기 맛 호러라고
하겠다. 고전적인 분위기의 호러를 좋아하지만 옛날 영화를
다시 보고 싶지 않을 때 태국 호러에 도전해 보면 어떨까.

태국 호러에서 기억해야 할 이름은 반종 피산다나쿤 감독
이다. <랑종>으로 우리에게 친숙한 그는 2004년에 개봉한 영
화 <셔터>로 유명해졌다. 사진기에 귀신이 찍힌다는 흔한 이
야기를 독보적인 호러 영화로 만든 건 그만의 스타일과 천재
성 덕분이다. 태국 호러의 시초라고도 부를 수 있는 <셔터>는
세계적인 인기를 끌며 2008년에 할리우드에서 동명의 영화로
리메이크되었다. 그의 차기작 <샴>은 샴쌍둥이가 등장하는 호

러 영화를 떠올릴 때 생각할 수 있는 내용에서 벗어나지 않지만, 장르적인 재미가 쏠쏠하다.

<랑종>은 반종 피산다나쿤 감독이 오랜만에 연출한 영화로, <곡성>의 나홍진 감독이 제작에 참여하면서 더 큰 관심을 불러모았다. <랑종>은 코로나 시국에 영화관을 잘 가지 않던 나를 영화관으로 이끈 작품이었다. 꼭 챙겨 보던 마블 유니버스의 <블랙 위도우>도 보지 않고 미루다가 <랑종>은 개봉 첫날에 보러 가다니, 내가 얼마나 호러에 진심인지 새삼 확인했다. 예상대로 평일 낮의 극장에는 세 사람뿐이었는데—원래 수용 인원이 28석인 상영관이긴 하다—앞자리에 앉은 아저씨가 자꾸 마른기침을 하는 게 아닌가. 결론적으로는 <랑종>보다 기침이 더 무서웠다. <랑종>은 후반이 무섭다는 평이 많은데 개인적으로는 무당 님이 조카 밍의 상태가 심상치 않음을 직감하고 추적해 나가는 전반부의 서사가 훨씬 좋았다. 빙의된 여성을 바라보는 시각에 대한 논란도 있었다. 밍이 빙의된 상태를 보여 주기 위해 연출된 지나치게 자극적이고 선정적인 장면들에서는 눈살이 찌푸려졌다.

영화 <셔터>(2005)

영화 <랑종>(2021)

요즘 '냉장고 속의 여자' 같은 서사는 잘 먹히지 않는다. (냉장고 속의 여자는 남성 캐릭터의 각성을 위해 살해당하거나 다치는 등 소모적으로 쓰이는 여성 캐릭터를 말한다.) 냉장고 속의 여자는 DC 코믹스의 그래픽노블인 <그린 랜턴>에 등장하는 장면으로 주인공이 자신의 여자친구를 찾으러 아파트에 갔더니 악당에 의해 토막 살해당해 냉장고 안에서 발견되었다는 이야기다.

마지막에 살아남는 소녀, Final Girl이 순결한 여성이고 그렇지 않은 여성은 죽임을 당한다는 80년대식 서사도 너무 낡았다. 요즘은 오히려 호러가 여성적인 장르로 주목받고 있다. 여성주의 호러에 대해서는 나중에 기회가 되면 더 자세히 얘기하고 싶다.

4. 대만

대만 영화라고 하면 10대들의 풋풋한 사랑을 그린 작품들이 떠오른다. <청설>, <나의 소녀시대>, <말할 수 없는 비밀>. 보기만 해도 투명한 물방울이 가슴속에서 팡팡 터지는 듯 아련함을 주는 영화들이다. 여기에 또 한 작품 꼽으라면 <그 시절, 우리가 좋아했던 소녀>일 것이다. 구파도 감독이 그려낸 첫사랑 이야기로 조금 오그라들긴 하지만 많은 사람에게 감동을 주었다. 그런 구파도 감독이 2018년에 공포, 스릴러로 돌아왔다. 이름하여 <몬몬몬 몬스터>.

<몬몬몬 몬스터>는 홍보 문구부터 인상적이다.

인간을 해치는 괴물

괴물을 납치한 인간

친구를 괴롭힌 집단

모든 걸 지켜본 당신

누가 진짜 몬스터일까?

여러분도 영화를 보고 나면 누가 진짜 몬스터인지 느끼게 될 것이다. 수박 주스가 믹서 안에서 갈리고 넘쳐 흐르는 장면과 스쿨버스에 오른 몬스터가 학생들을 무자비하게 학살하는 장면의 대비는 가히 압권이다. 수박 주스의 붉은색과 버스 안에 낭자한 피로 화면은 온통 빨갛게 물드는데 배경음악으로는 'My way'가 고요하게 흐른다.

나는 언제나 괴물보다 더 괴물 같은 인간의 서사에 관심이 많다. 최초의 SF이자 호러의 고전인 『프랑켄슈타인』도 도식적으로 본다면 괴물을 창조한 '프랑켄슈타인 박사'와 '이름 없는 괴물' 중 누가 더 괴물인지 묻는 이야기라고 생각한다.

<몬몬몬 몬스터>는 내 마음속 호러 영화 10위 안에 든다. 솔

영화 <몬몬몬 몬스터>(2018)

영화 <반교: 디텐션>(2020)

직히 <몬몬몬 몬스터> 외에 딱히 좋아하는 대만 호러는 없다. 넷플릭스에 공개된 <여귀교>, <싱린의원>, <주> 등은 내 기준에서는 고만고만한 호러 영화다. 그래도 <반교: 디텐션>은 추천하고 싶다. 게임이 원작인 <반교: 디텐션>은 영화와 넷플릭스 드라마로 만들어졌다. 지나치게 원작에 기댄 게 아니냐는 비판도 받지만, 대만의 비극적인 현대사를 공포 문법으로 풀어낸 솜씨에는 박수를 보낸다. 보고 나서 먹먹한 감정을 느끼고 싶은 사람에게 추천.

5. 남미

이번에는 조금 멀리, 남미로 가 보자. 다른 국가의 호러를 소개할 때는 영화 위주로 했지만, 남미는 소설 위주로 살펴보려한다. 남미 문학은 마술적 리얼리즘 경향이 강하다. 마술적 리얼리즘이란 실제 역사적 사실과 마법, 초자연적인 현상이 어우러져 신비한 분위기를 자아내는 작품을 말한다. 가브리엘가르시아 마르케스의 『백 년 동안의 고독』이나, 보르헤스의 『알레프』, 그리고 남미 문학은 아니지만 우리에게 친숙한 무라카미 하루키의 『양을 쫓는 모험』 같은 작품들은 마술적 리얼리즘의 색채를 띠고 있다.

도시의 지하철 종착역에 요괴가 산다거나, 우리 주변에 인간의 거죽을 뒤집어쓴 외계인이 살고 있다는 종류의 어반 판타지도 넓은 의미의 마술적 리얼리즘이라고 할 수 있다.

최근 주목할 만한 남미 호러는 아르헨티나 작가 마리아나엔리케스의 『침대에서 담배를 피우는 것은 위험하다』이다. 이 단편집은 2021년 부커 인터내셔널 최종 후보에 올랐다. 그는 "정치적, 역사적, 실존적 차원이 뒤섞인 공포와 두려움을 독특한 메타포로 구성하고 평온해 보이는 우리의 삶을 불확실성이라는 극단으로 끌고 가는 작품을 쓴다."(책 소개 중에서)고 평가받는다. 『침대에서 담배를 피우는 것은 위험하다』에 흥미를 느낀다면 『우리가 불 속에서 잃어버린 것들』도 함께 읽어 보자.

마리아나 엔리케스 이전으로 거슬러 올라가 보면 중남미 환상 문학의 토대를 마련한 오라시오 키로가가 있다. 우루과이 작가인 오라시오 키로가는 국내에는 잘 알려지지 않았으나 20세기 라틴 아메리카 문학을 대표하는 작가로 손꼽힌다. 공포 문학의 아버지인 에드거 앨런 포가 그러했듯이 오라시오 키로가의 일생도 순탄치 않았다. 그는 양아버지와 첫 번째 부인의 자살에서 영향받은 듯 음울한 작품 세계를 그려 냈고 자신도 59세에 암 진단을 받고 음독 자살했다. 오라시오 키로가의 작품 중에서는 단편집 『사랑 광기 그리고 죽음의 이야기』를 추천한다. 다른 작품은 몰라도 「목 잘린 닭」과 「깃털 베개」는 꼭 읽어 보길 권한다.

멕시코 작가 카를로스 푸엔테스의 『아우라』도 추천한다. 카를로스 푸엔테스 역시 국내에서의 인지도는 높지 않지만 옥타비오 파스, 가브리엘 가르시아 마르케스와 함께 중남미 문학의 3대 작가로 평가된다. 고딕 소설 『아우라』는 죽지 않는 삶, 영원한 젊음, 죽음도 뛰어넘는 사랑의 끝을 보여 주는 어둡고 그로테스크한 분위기의 작품이다. 남미의 낯선 배경 및 시대상과 더불어 우리에게 친숙하지 않은 2인칭 시점으로 쓰여 더욱 독특한 분위기를 맛볼 수 있다.

6. 스웨덴

세상 어디에나 호러 천재들은 있다. 스웨덴에는 우리에게 『렛 미 인』으로 잘 알려진 욘 아이비데 린드크비스트가 있다. 『렛 미 인』은 스웨덴과 할리우드에서 영화로도 만들어졌는데, 가능하면 스웨덴 영화를 보자. 욘 아이비데 린드크비스트의 장편 『언데드 다루는 법』도 우리나라에 소개되었다. 표면적으로는 좀비 이야기지만 "사랑하는 사람이 썩어가는 모습으로 살아 돌아왔을 때 과연 우리는 어떤 태도를 지니게 될까?"라는 질문에 대해 섬세한 답을 풀어 나가는 소설이다.

단편집 『경계선』도 추천하고 싶다. 표제작 「경계선」은 영화화되었는데 좋은 작품들이 그렇듯 영화와 원작 다 좋다. 남들과 조금 다른 외모를 가진 티나는 후각으로 타인의 감정을 읽을 수 있다. 이런 기이한 능력과 외모로 사람들과 어울리지 못했던 티나는 수상한 남자 보레를 만나면서 자기 자신도 몰랐

영화 〈경계선〉(2019)

『스파』 한국어판 표지

던 모습을 발견해 간다. 기이하면서도 마음에 울림을 주는 영화로, 우리에게 많은 생각을 하게 한다. 욘 아이비데 린드크비스트의 작품은 순한 맛 호러이고, 사람에 따라서는 호러가 아니라고 느낄 수도 있으므로 가벼운 마음으로 추천한다. 아직 보지 못한 사람은 서둘러 보시길.

최근 감명 깊게 읽은 그래픽 노블 『스파』도 소개하고 싶다. 스웨덴의 만화가 에리크 스베토프트의 작품으로 『죽기 전에 읽어야 할 1001권의 만화책』의 편집인 폴 그래빗은 "이토 준지, 찰스 번즈, 몬티 파이튼을 한데 갈아 넣은 듯한 작품"이라고 평가했다. (완전 동의합니다!)

『스파』는 제목 그대로 북유럽 최고의 스파에서 일어나는 해괴한 일들을 그림으로 표현하고 있다. 마치 카메라로 스파 곳곳을 촬영하는 듯 뚜렷한 서사는 없지만 이상하게 빨려 들어가는 매력이 있다. 이토 준지를 좋아하는 사람이라면 단연코 이 작품도 사랑하게 될 것이다.

7. 한국

마지막으로 우리나라의 호러를 살펴보자.

우리나라에는 전통적인 한(恨)의 정서가 있다. 한은 어디에서 오는가?

억울한 일을 당한 사람이 억울함을 풀지 못할 때 생긴 마음의 응어리가 한이다. 우리나라 귀신들은 한을 품고 죽는다. 억울함을 견디지 못하고 스스로 목숨을 끊거나, 오히려 죽임을 당하고 구천을 떠돌게 된다.

우리나라 귀신이라고 하면 소복을 입고 긴 머리카락을 풀어 얼굴을 가린 여자 귀신이 떠오른다. 처녀 귀신이다. 몽달귀신도 있고, 눈코입이 없이 매끈한 얼굴의 달걀귀신도 있지만 어딘지 모르게 임팩트가 없다.

『장화홍련전』의 장화와 홍련은 우리나라 귀신의 전형성을 보여 준다. 친엄마는 세상을 떠나고 계모가 들어와 장화와 홍련을 학대한다. 언니 장화는 계모의 계략으로 연못에 빠져 죽고, 동생 홍련은 언니를 그리워하다 같은 연못에 몸을 던진다. (학대를 방치한 아버지인 배 좌수에 대해서는 하고 싶은 말이 많지만 다음 기회를 기약하겠다.) 억울하게 세상을 떠난 자매는 단지 한을 풀고자 원님들을 찾아간다. 일본 귀신들처럼 원념을 품고 마구잡이로 해하는 것이 아니라 합리적인 방식으로 해결하려는 것이다. 그러나 심약한 원님들은 부임하는 족족 심장마비로 사망! 이제 자매에게 희망은 없나 좌절할 무렵, 멘탈 강한 원님이 부임해 마침내 그들의 한을 풀어준다.

『장화홍련전』에서 볼 수 있듯이 우리나라의 호러는 기본적으로 약자의 서사다. 구미호 전설도 마찬가지다. 구미호는 대개 여성형으로, 남자를 잘 '홀리는' 매혹적인 여성으로 변신한다. 오래전 드라마 <전설의 고향>에 나오는 구미호는 간을 하나만 더 먹으면 인간이 되는데, 간의 주인을 사랑한 나머지 인간이 되는

영화 <장화, 홍련>(2003)

걸 포기하거나 비극적인 최후를 맞는다. 마지막 간의 주인이 뭐가 그리 특별하다고, 99개의 간을 먹으며 공들인 지난 시간을 생각하면 그깟 사랑쯤 포기해야 하지 않나? 아니, 애당초 구미호가 사람이 되려는 것 자체가 인간중심주의에서 나온 서사가 아닐까?

드라마 <파친코>를 연출한 코고나다가 감독한 영화 <애프터 양>은 함께 살던 안드로이드 양이 어느 날 작동을 멈추게 되면서 제이크와 가족들이 겪게 되는 일을 그린 이야기다. 제이크는 양이 알고 지내던 복제 인간에게 "양이 혹시 인간이 되고 싶었는지" 묻는다. 복제 인간은 이렇게 대답한다. "아니에요. 그건 너무 인간다운 질문이지 않나요? 다른 존재는 모두 인간을 동경한다고 생각하는 거요." 그렇다. 구미호는 구미호로 살 때 더 행복할 것이다. 켄 리우의 『종이 동물원』에 실린 단편 「즐거운 사냥을 하길 (원제는 good hunting)」의 후리징이 기술의 힘을 빌려서라도 여우의 모습으로 돌아간 것처럼.

이야기가 잠깐 옆길로 샜다. 다시 『장화홍련전』으로 돌아가 보자. 『장화홍련전』은 2003년 김지운 감독의 <장화, 홍련>으로 멋지게 재해석된다. 새엄마가 자매를 학대한다는 모티브만 가져왔지만 작품 완성도가 높다. 임수정, 문근영, 염정아의 연기도 뛰어나다. 이야기의 주된 배경인 일본식 양옥집은 '또 다른 배우'라고 불릴 만큼 아름다운 미장센을 만든다.

2007년에 선보인 <기담>은 일제 강점기 경성에 있던 안생병원을 배경으로 세 가지 이야기를 보여 준다. 특히 두 번째 에피소드에 등장한 엄마 귀신의 소름 끼치는 비주얼은 지금까지도 사람들 입에 오르내린다. (엄마 귀신이 내는, 젖은 유리를 손가락으로 문지르는 듯한 기괴한 소리를 배우가 직접 냈다고 하니 놀랍다. 유튜브에서 그 장면만 찾아볼 수도 있으니 궁금한 사람은 직접 보시라.)

국내 호러 영화에 입문하고 싶은 분들께는 <여고괴담> 시리즈, 베트남 전쟁에서 실종된 병사들을 찾기 위해 R-point로 파견 나간 군인들이 귀신을 마주하는 <알 포인트>, 심리 공포가 무엇인지 제대로 보여 준 <소름>을 추천한다. 광신에 대한 문제를 다룬 <불신지옥>이나 버려진 정신병원을 찾아간다는 파운드 푸티지 형식의 <곤지암>도 재미있다.

한국의 공포를 이야기하면서 오컬트를 빼놓을 수는 없다.

나홍진 감독의 <곡성>을 살펴보자. 낯선 외지인이 마을에 나타나고 의문의 연쇄 사건이 일어난다. 경찰은 집단 야생 버섯 중독으로 잠정적 결론을 내리지만 모든 사건의 원인이 외지인이라는 의심이 마을 사람들 사이에 퍼져나간다. 주인공 종구는 경찰로, 자신에게 닥친 일을 해결하기 위해 동분서주하지만 정작 '뭣이 중헌지' 알지 못한다. 정체를 알 수 없는 악 앞에서 공포와 무력감을 느끼던 주인공은 결국 파멸로 치달아가고, 관객은 찜찜한 마음으로 극장을 나온다. 이동진 평론가는 <곡성>에 별 다섯 개를 주며 그 모든 의미에서 무시무시하다고 했다. <곡성>은 보고 나서도 의문이 들고 계속 생각나게 만드는 영화다.

자, 마지막으로 한국의 오컬트 장인 장재현 감독의 <파묘>를 이야기해 보자.

개봉 전 트레일러 공개 당시부터 기대를 모으던 <파묘>는 수상한 묘를 이장한 풍수사, 장의사, 무당들에게 벌어지는 기이한 일을 담은 영화다. 총 6개 장—음양오행, 이름 없는 묘, 혼령, 동티, 도깨비불, 쇠말뚝—으로 구분된 형식을 갖고 있는데, 전반적인 내용은 1부와 2부로 나뉜다. 오컬트 느낌이 물씬 나는 전반부와 달리 그것(?)이 나오는 후반부의 분위기 변화는 영화의 호불호를 가르는 주요 요인으로 보인다. 나 역시 그것의 갑작스러운 등장이 당황스럽긴 했지만 주제 의식도 뚜렷하고, 무엇보다 재미있다. 재미있으니까 여러 사람의 입에 오르내리며 다양한 해석과 리뷰를 양산하는 것이다.

장 감독은 파묘 이전에도 <검은 사제들>, <사바하>로 꾸준히 오컬트 호러를 파헤쳐 왔다. <검은 사제들>은 악령에 사로잡힌 소녀를 구하기 위해 애쓰는 신부와 부제의 고군분투를 그린 이야기이고, <사바하>는 종교와 신에 대한 존재론적 고민을 보여 준다. 정유미 영화 저널리스트는 "불교와 기독교, 민간 신앙 등 종교적 색채가 그로테스크한 한국적 무늬를 만들면서 풍부한 텍스트로 작용한다."라고 평했다.

<파묘>는 개봉 사흘째에 100만 관객을 동원하더니 16일째에 700만, 32일 만에 천만 관객을 돌파했다. 국내 호러 영화가 천만이라니, 드디어 우리나라에서도 호러가 대세 장르가 되고, 그토록 바라던 호러 시대가 열릴 거라는 강한 예감이 든다.

미공개 단편! 내가 쓴 호러 로맨스

영화관의 유령

남유하

블라인드 사이로 들어온 햇살이 눈꺼풀 위에 내려앉는다. 조심스레 눈을 뜬다. 눈이 부시다. 나는 잠에서 깬 새끼 고양이처럼 눈을 감았다가 다시 가느스름하게 떠 본다. 그리고 첫사랑의 손을 처음 잡았을 때의 설렘으로 고개를 들어 발치를 본다. 보인다. 내 발가락이. 연분홍색 발톱과 발톱 뿌리의 하얀 반달이.

침대에서 튕기듯 일어나 베란다로 뛰어나간다. 보인다. 길 건너편 주택 옥상에 널린 노란색 티셔츠와 청바지가. 그 뒤에 있는 작은 교회의 십자가가. 그리고 세탁소와 문구점의 낡은 간판이.

초점이 잘 맞은 카메라 렌즈처럼 또렷하고 명쾌하게 보인다.

나는 어제 라식수술을 받았다. 어려서부터 심각한 고도근시라 안경 없이는 말 그대로 한 치 앞도 보지 못했었다. 대학 시절, 내 마이너스 디옵터를 말하자 네가 남자였다면 군대 면제라며 친구들이 부러워했었다. 그러면서도 안경을 쓰기 싫어해 인사성 없는 후배로 찍히곤 했다. 안구건조증 때문에 렌즈를 끼는 것도 불가능했다. 어쩌다 소개팅을 하는 날, 일회용 렌즈를 끼면 예뻐 보이기는커녕 빨간 토끼 눈이 되어 역효과를 냈다. 어쨌든, 안경을 쓰지 않고 세상을 보는 기분은 정말 좋았다. 만약 내가 춤을 잘 춘다면 오늘 아침에는 신나는 룸바를 추었을 것이다.

되도록 눈을 쓰지 말라는 의사의 충고를 무시하고 슬쩍슬쩍 핸드폰을 보다 깜짝 놀랐다. <이블 캠프> 속편이 개봉한 지 벌써 일주일째 되는 날이었다. <이블 캠프> 1편은 내가 무려 세 번이나 관람했을 정도로 좋아하는 영화다. 나는 상영 일정을 확인해 봤다. 오늘 저녁 7시 45분을 마지막으로 내일도, 모레도 상영관이 없었다. 입술 사이로 한숨이 새어나왔다. 공포 영화를 좋아하는 사람이라면 잘 알겠지만, 공포 영화는 어지간한 흥행작이 아니고서야 일주일만 지나면 극장에서 내려간다. 그러니까 영화관의 대형 화면과 심장을 쫀득하게 만드는 음향을 즐길 수 있는 건 오늘 저녁이 마지막이라는 의미다. 나는 부랴부랴 영화표 두 장을 예매하고 남자친구에게 톡을 보냈다.

정말 영화 보러 가자고? 너 어제 라식 했잖아?

남자친구가 놀라는 토끼 이모티콘을 보냈다.

응, 벌써 예매했다니까.

진짜 괜찮겠어? 너무 무리하면 안 좋을 텐데.

표면적으로는 생각해 주는 척하고 있지만 사실 남자친구는 공포 영화를 별로 좋아하지 않는다. 나는 모르는 척 쐐기를 박았다.

아니야, 괜찮아. 영화 보다가 중간에 인공눈물 넣으면 돼.

큰소리치고 영화관에 왔지만 예고편만 보기 시작했는데 벌써 눈에 모래알이 낀 것처럼 뻑뻑했다. 본 영화가 시작되기 전 인공눈물을 퍼부어야겠다고 생각하며 가방의 지퍼를 여는데 예고편이 끝나고 영화관이 어둠에 잠겼다.

캄캄해진 공기를 헤치며 손의 느낌에만 의지해 가방 안의 티슈와 인공눈물을 확보했다. 오른손에는 티슈, 왼손에는 인공눈물을 쥐고, 고개를 한껏 뒤로 젖히고, 눈동자를 피해 인공눈물을 떨어뜨렸다. 넘쳐흐르는 눈물은 재빨리 티슈로 닦아내고 좌우로 눈알을 굴렸다. 훨씬 편했다. 그 사이 영화가 시작되고 극장 안이 조금 밝아졌다. 왼손에 쥐고 있는 일회용 인공눈물이 반쯤 남아 있었다. 본격적인 스토리가 시작되기 전에 마저 넣어야겠다.

티슈 한 장을 더 뽑고 다시 고개를 젖혔을 때, 미확인 생물체가 시야에 포착되었다. 아니, 엄밀히 말하자면 생물이라고 부를 수 없었다. 선명한 윤곽을 가지지 않은 그것들은 바닷속의 해파리처럼 희뿌옇게 빛났다. 그것들은 마치 지정석이라도 있는 듯 관람객 수에 맞춰 극장 천장에 박쥐처럼 거꾸로 매달려 있었다.

유령이라는 단어가 머릿속을 스치고 지나갔다. 나는 비명을 지르려 숨을 크게 들이마셨다. 그 순간, 나랑 눈이 마주친 유령이 검지를 입술에 대고 쉿, 하는 동작을 했다. 나와 눈이 마주치자 한쪽 눈썹을 치켜올렸다. 그 모습이 무섭다기보다 우스꽝스러워 피식 웃음이 나왔다. 그도 미소를 지으며 화면을 가리켰다. 영화 타이틀이 올라간다는 사인이었다.

그래, 어떻게 보러 온 영화인데, 고작 유령들 때문에 포기할 순 없지.

게다가 유령이라고 해 봤자 영화를 볼 뿐, 딱히 사람들에게 해를 끼칠 것 같지는 않았다. 그래도 혹시 모르니 다시 한번 고개를 들어 유령들을 살폈지만, 거꾸로 매달려 두 손을 가지런히 모은 채 화면을 보는 그들의 태도는 부랴부랴 핸드폰 전원을 끄고 팝콘을 먹느라 부스럭거리는 관람객들보다 훨씬 단정해 보였다. 나는 합리주의자다. 유령이 있다고 소리치며 영화관을 아수라장으로 만드는 대신 조용히 영화 보는 쪽을 선택했다.

기대와 실망은 언제나 비례하는 법. 영화는 전편보다 두 배는 잔인해졌지만, 기대에는 훨씬 미치지 못했다. 스크린이 등장인물의 피로 붉게 물들고 있을 무렵, 눈이 뻑뻑해졌다. 나는 다시 인공눈물을 넣으려 고개를 뒤로 젖혔다. 그리고 터져 나오려는 웃음을 간신히 삼켰다. 천장

위에서 관람 중인 그들이 서로 손을 맞잡고 부들부들 떨고 있었다. 하얀 얼굴들은 더욱 하얗게 질려 있었다.

그 이후로 영화가 지루해지는 타이밍에 천장을 슬쩍 올려다봤다. 유령들의 리액션을 구경하는 게 영화를 보는 것보다 백 배는 더 즐거웠다. 영화관에서 첫 데이트를 하는 연인이 영화 대신 서로의 옆얼굴을 몰래 훔쳐보는 것처럼 말이다. 영화는 결말로 가면서 더욱 맥이 빠졌다. 나는 또 천장을 보다가 아까 내게 조용히 하라는 사인을 보냈던 유령과 눈이 마주쳤다. 파리한 얼굴이 가위손 에드워드를 닮은 것도 같고, 범상치 않은 옷차림이 뱀파이어와의 인터뷰의 레스타 같기도 하고, 시대와 국적을 알 수 없는 묘한 매력이 있었다. 맙소사, 내가 무슨 생각을 하는 거야. 저건 유령이라고! 하지만 그를 보다 옆자리 남자친구를 보니 오징어로 보이는 것도 사실이었다. 영화가 끝나고 엔딩 크레디트가 올라갈 때까지 유령들은 하나도 빠짐없이 자리를 지켰다. 이 시네필 같은 것들.

가만, 다른 사람 눈에는 유령이 안 보이나? 아님 다른 사람은 천장을 올려다보지 않아서 모르나? 그렇다고 해도 조명이 이렇게 밝아졌는데 천장에 매달려 있는 유령을 아무도 보지 못한단 말이야? 궁금증을 참을 수가 없어 영화관 계단을 내려오며 남자친구에게 물었다.

"오빠, 천장 봐봐."

"어? 왜?"

남자친구는 반문하면서도 천장을 올려다봤다.

"천장에 뭐 보여?"

"뭐? 뭐가 보여야 되는데?"

남자친구는 그들을 보지 못했다. 아무래도 내 라식수술은 '너무' 잘 된 것 같다.

—

다른 날처럼 출근해서 메일을 확인하고, 1층 카페테리아에서 아메리카노를 사 오고, 자리에 앉아 본격적으로 일을 시작하려는데 자꾸 뭔가 잊어버린 듯한 느낌이 들었다. 주름이 잡힌 미간을 검지와 중지로 누르다가 불현듯 기억이 떠올랐다. 지난주에 개봉한 <홈스테이>! 극장 앱을 열고 검색해 보니 아니나 다를까, 오늘 8시 10분 타임을 끝으로 내리는 모양이었다. 그렇다면 오늘 보는 수밖에. 나는 접견실로 나와 남자친구에게 전화를 했다.

"오빠, 오늘 영화 보러 가자."

"어? 나 오늘 회식인데?"

요즘 들어 남자친구는 매일 바쁘다. 회식 아니면 야근, 주말엔 산행까지. 일주일에 한 번도 만나지 못할 때가 많았다. 그럼 누구랑 보러 가야 하나. 카톡에서 친구 목록을 훑어봤다. 스크롤 한 번으로 끝나 버리는 소박한 인간관계를 바라보다 진아에게 메시지를 보냈다.

진아야 오늘 홈스테이 볼래? 내가 예매할게.

오전 시간이 다 지나도록 메시지 옆의 1은 사라지지 않았다. 분명 밤새도록 게임 하고 지금까지 자는 거겠지.

홈스테이? 그거 나도 보고 싶었는데 잘됐네.

2시 반이 넘어 답이 왔다. 나는 서둘러 앱에 들어가 두 자리를 예매했다.

퇴근 시간이 다가왔다. 아니 퇴근 시간은 훌쩍 지나고 7시가 넘었는데도 부장이 자리에서 일어나지 않는다. 다른 날은 칼같이 퇴근해서 칼 부장이라는 별명이 붙은 사람이 웬일인지. 어쩔 수 없이 죄인처럼 고개를 조아리며 먼저 가겠다는 인사를 하고 밖으로 나왔다. 한밤중처럼 까만 하늘에서 빗방울이 떨어지고 있었다. 정확한 일기예보 덕에 챙겨온 우산을 펴들고 지하철역으로 향했다.

폭우가 내린다는 예보는 없었는데 강남역에 도착했을 때는 하늘에서 살수차가 물을 뿌려대는 것처럼 비가 퍼부었다. 쏟아지는 비와 사람을 간신히 헤쳐 가며 영화관에 도착했다. 엘리베이터에 타고 난 다음에야 핸드폰을 꺼내 새로 온 카톡을 확인했다. 진아였다.

나 어제부터 몸살기가 있었거든. 비가 오니 컨디션 완전 꽝이다. 영화 못 볼 것 같아, 미안.

갑자기 몸살기는 무슨, 비가 오니 영화 보러 나오기 귀찮아진 거지. 내가 너한테 한두 번 당하냐.

알았어. 몸조리 잘해.

나는 쿨한 척 답하고 금세 후회했다. 저런 톡은 씹어 줘도 되는데, 약속을 어긴 진아보다 착실히 대답하는 내게 더 화가 났다. 아니, 화낼 필요도 없다. 영화, 그 까짓 것 혼자 보면 된다. 문제는 영화 티켓이다. 티켓은 영화 시작 20분 전까지 취소해야 환불받을 수 있었다. 얼른 시간을 확인했다. 영화 시작 12분 전. 아, 비도 오는데 잘됐네. 옆자리에 가방 올려놓고 편하게 보면 되지, 뭐.

매점에서 팝콘과 콜라까지 사 들고 영화관 의자에 자리 잡았다. 영화가 시작하기 전에 얼른 인공눈물을 넣으며 고개를 젖혔다. 오늘도 유령들은 어김없이 거꾸로 매달려 있었다.

영화관에 묶인 지박령인가? 아니, 단순히 영화 보는 걸 좋아하는 유령들인가?

머릿속에 떠오르는 시시한 질문들을 지워 내며 화면을 쳐다봤다. 구미가 당기는 예고편이 끝나고 상영관에 불이 꺼졌다. 팝콘 세 알을 집어 입에 넣는데, 눈앞으로 허연 물체가 떨어져 내렸다. 지난번 눈이 마주쳤던 유령이었다. 나는 놀라지 않았다. 떨어졌다기보다 체조선수처럼 공중제비를 한 바퀴 돌며 내 앞에 착지했으니까. 그건 그렇고 왜 아래로 내려왔을까? 영화 관람시 서로의 영역을 지켜주는 게 아니었어?

내가 눈썹에 힘을 주고 노려보자 그가 내 옆 의자의 가방을 가리키며 치우라는 듯 손가락을 까닥거렸다.

여기 앉겠다고?

나는 입 모양으로 말했다. 유령이 고개를 끄덕였다.

여기 말고 다른 빈자리도 많은데?

이번에는 유령이 고개를 가로저었다. 무슨 영문인지 알 수 없었지만 영화가 시작하는 바람에 어쩔 수 없이 가방을 치워 주었다.

신경 쓰인다. 아, 너무 신경 쓰여. 레스타를 닮은 유령이 왜, 하필, 내 옆에 앉아 영화를 보는지 궁금해서 도무지 영화에 집중할 수가 없다. 저번처럼 천장에 매달려서 보면 되지, 무슨 변덕이래. 내가 눈을 흘기며 궁시렁거리자 그가 영화나 보라는 듯 하얗고 긴 손가락으로 스크린을 가리켰다. 유령 때문에 주의가 산만해져 그런지 영화도 지루하고 에라, 모르겠다는 심정으로 팝콘을 먹었다. 그러다가 겨우 몇 알씩 입에 넣는 것만으로는 성에 안 차 한 주먹 가득 집어넣고 우적우적 소리를 내며 먹었다. 뒷자리 여자가 내 의자를 톡톡 두드리기에 돌아봤더니 조용히 좀 해 달라고 소리 죽여 말했다.

앗, 죄송합니다. 나도 목소리를 죽여 사과하고 머쓱해서 스크린을 보는데 옆자리에 앉은 유령이 어깨를 들썩이며 웃음을 참고 있었다. 헐, 이게 따지고 보면 누구 때문에 일어난 일인데. 팝콘을 한 알 한 알 입에 넣고 녹이며 입안에 남는 옥수수 껍질을 앞니로 잘근잘근 씹었다.

지루했던 초반이 지나가고 중반을 지나며 점점 흥미진 진해졌다. 클라이맥스로 가자 공포 영화 특유의 배경음 악이 극장 안의 공기를 압도했다. 제아무리 공포 영화로 단련된 몸이라고 해도 당장 뭔가 튀어나올 듯 광광대는 음향 효과 앞에서는 심장이 쪼그라든다. 온다, 곧 점프 쇼트가 온다. 놀라지 말자. 놀라지 말자. 숨을 가다듬고 있는데 아니나 다를까, 화면에서 금방이라도 튀어나올 듯 클로즈업된 끔찍한 귀신의 얼굴. 꺅, 나는 소리를 질 렀다. 화면 속의 귀신 때문이 아니었다. 옆에 앉았던 유 령이 갑자기 내 손을 확 잡았기 때문이다. 그의 손은 드 라이아이스처럼 차가워 오히려 화끈하는 감각이 느껴 졌다. 나는 얼른 뿌리치려 했지만, 그는 꼭 잡은 내 손을 자기 가슴에 대고 눈을 감은 채 벌벌 떨었다.

이봐요. 그럴 거면 무서운 영화를 보지 말던가요.

그의 귀에 속삭이자 그가 눈을 뜨고 나를 보았다. 여 전히 손은 잡고 있었다. 잠시 후 평정심을 찾은 그가 내 손을 놓더니, 나를 위로하는 양 내 어깨를 툭툭 쳤다. 하, 원래 유령은 이렇게 뻔뻔한 겁니까?

영화가 끝나고 엔딩 크레디트가 올라갈 때까지도 그 는 내 옆에 앉아 있었다. 내가 밖으로 나간다고 눈치를 주자 그제야 천장에 올라가 거꾸로 매달렸다. 사람들 사 이에 섞여 계단을 내려가던 나는 문득 그를 돌아봤다. 세 상에, 그가 내게 손바닥 키스를 날려 보냈다. 어이가 없어 피식 웃음이 터져 나왔다. 비가 그친 거리로 나오며 오늘 처음 웃었다는 사실을 깨달았다.

—

며칠 후, 진아가 지난번에 미안했다며 영화를 보여 주겠다고 했다. 그다지 보고 싶지 않은 로맨틱 코미디였지만 주말인데 다른 약속도 없어 그러자고 했다. 후드티에 조거 팬츠를 교복처럼 입고 다니던 진아는 웬일인지 라벤더 색 원피스를 입고 있었다. 신발도 운동화가 아닌 하얀 샌들이었다.

"무슨 일이야? 너 남친 생겼냐?"

"어? 아니 그냥."

'남친'이라는 말에 진아가 화들짝 놀랐다. 하긴 자기는 초식녀라는 둥 남자에 관심 없다는 둥 설레발을 쳐댔으니 말 꺼내기 어려운 것도 이해가 갔다.

"팝콘 먹을래?"

"아니, 끝나고 밥 먹자. 내가 살게."

순간 귀를 의심했다. 진아가 밥을 산다니, 남자친구가 생긴 게 아니라 취직이라도 했나? 궁금했지만 밥 먹으면서 말해줄 테니 굳이 캐묻지 않았다.

상영관에 들어가 H7, 8번을 찾아 앉았다. 내 앞자리에 덩치 큰 남자가 앉아 있었다. 그는 팝콘 대자를 들고 양쪽 손잡이에 끼워놓은 콜라를 번갈아 마셨다. 남자의 옆자리는 비어 있었다. 둘 중 하나다. 바람맞았거나, 상대방이 싸우고 가 버렸거나.

그나저나 빈자리가 생겼다. 설마 하는데 레스타가 천장에서 내려와 진아의 앞자리에 앉았다. 다른 유령들은 빈자리가 있어도 거꾸로 매달려 있는데 저 인간, 아니 저 유령은 왜 꼭 의자에 앉아서 보려고 할까?

"진아야, 너 저거 보여?"

어쩌면 진아에게도 보일까 해서 귓가에 속삭이듯 물어봤다.

"응? 뭐?"

진아는 눈치 없이 큰 소리로 되물었다. 내가 인상을 쓰자 그제야 목소리를 낮춰 "팝콘 먹는 남자 말이지?"라고 했다.

"아니, 그 옆에."

"그 옆에 뭐? 빈자리?"

나는 짧은 한숨을 내쉬었다. 남자친구처럼 진아에게도 유령은 보이지 않는다. 대충 얼버무리고 화면에 뜬 영화사 로고를 보는데, 레스타가 몸을 돌려 내게 윙크를 했다. 그러고는 언제 그랬냐는 듯 팔걸이에 팔을 올리고 영화를 감상했다. 나는 취향에 맞지 않는 로맨틱 코미디 대신 은은하게 빛나는 그의 갈색 머리카락을, 창백한 목덜미를, 반듯하고 넓은 어깨를 바라봤다.

영화가 끝나자 레스타는 또다시 나를 돌아보더니 한 손을 번쩍 들어 잘 가라는 인사를 했다. 영화 속 이별 장면에서 남자 주인공이 여자 주인공을 잡고 싶으면서 멋진 척 보내줄 때 하던 인사를 흉내 낸 것이다. 무방비 상태였던 나는 또 피식 웃고 말았다.

"왜 웃어?"

"아니, 그냥."

"어? 너 괜찮아?"

진아가 내 눈치를 보며 물었다. 나는 무슨 일 있었냐는 듯 어깨를 으쓱했다.

영화관에서 나온 진아는 다짜고짜 나를 끌고 고깃집으로 들어갔다. 늘 거기 있지만 한 번도 들어갈 생각은 못 했던 한우 맛집이었다.

"오늘 배 터질 때까지 먹자."

테이블에 차려진 반찬과 불판 위의 고기를 보며 진아가 말했다. 옆에서 고기를 구워 주던 아주머니가 웃었다.

"너 진짜 무슨 일이야? 취직했어?"

"아니."

"근데 왜?"

진아는 내 눈을 마주 보지 않고 기다란 젓가락 끝만 만지작거렸다. 아주머니가 나가고 나서도 나를 똑바로 보지 못하고 입을 열었다.

"너한테… 미안해서 그래."

순간 명치에 걸렸던 무거운 추가 뱃속으로 뚝 떨어지는 느낌이 들었다. 동시에 선명한 예감이 머리를 두드렸지만 애써 피하고 싶었다.

"그래, 툭하면 약속 취소하고 그러더니 사람 됐네. 그래, 많이 먹을게."

나는 쾌활함을 가장하며 아직 핏기가 남아 있는 고기를 집어 들었다.

"아니, 그게 아니라."

"야, 밥 먹고 얘기하자."

"현우 오빠 요즘 바쁘지?"

"밥 먹고 얘기하자니까."

"나하고 만나느라 그래."

화가 났다. 어째서 이 인간은 이다지도 뻔뻔한 걸까. 밥 먹고 얘기하자는데, 그새를 못 참아서 고기 한 점 입에 넣기도 전에 기어이 고백하고야 만다. 내 남자친구와 사귄다는 고백을 하지 않고서는 제 목구멍으로 밥이 넘어가지 않을 테니까.

"우리 평생 만나지 말자. 어디서라도 내가 보이면 네가 알아서 피해. 내 눈에 띄면 죽여 버릴 테니까."

나는 불판 위로 젓가락을 집어 던지고 식당에서 나왔다. 식당 앞에서 얼핏 남자친구를 본 것 같았지만 그냥 닮은 사람이라고 생각하기로 했다.

—

금요일 퇴근 시간이 다가오자 사람들은 분주하게 움직였다. 지난주까지의 금요일과 달리 남자친구가 없는 나는—지난주에도 남자친구가 있다고 착각한 것에 지나지 않았지만—가뿐한 마음으로 혼자 영화를 보러 갔다. 공포 영화는 아니고 꿈을 찾아 떠나는 주인공의 성장 스토리로 내 취향과는 거리가 있는 영화였다. 영화를 고른 기준은 그 영화가 가장 인기가 없기 때문이었다. 금요일 저녁 영화관에 와서 서로의 옆구리를 조몰락대는 커플들을, 오늘만큼은 보고 싶지 않았으니까.

영화관은 예상대로 비어 있는 좌석이 많았다. 나는 사람이 없는 맨 뒷줄 구석에 앉았다. 막상 영화가 시작하니 배가 고팠다. 영화를 보고 집에 가다가 편의점에서 삼각김밥과 컵라면을 사야겠다. 아, 새우깡에 칭따오도 한 캔 마실까. 머리 한편으로 딴생각을 하며 건성건성 영화를 보다가 어느 순간 주인공에게 감정 이입하며 스토리에 푹 빠져들었다. 그리고 주인공이 마침내 자신의 과거와 대면하고 오열하는 장면에서 나도 모르게 소리를 죽여 가며 따라 울었다. 얼굴은 눈물 콧물로 범벅됐다. 손수건도 휴지도 없는데 어쩔 거야.

그때였다. 서늘한 하얀 손이 티슈 한 장을 내밀었다. 레스타였다. 언제 옆에 왔을까. 그는 무심한 척 스크린을 보며 어서 받으라는 듯 손목을 까딱거렸다. 나는 그의 손에서 티슈를 낚아채 눈물을 닦고 코를 팽 풀었다. 여전히 화면에 시선을 고정한 채, 그는 품 안에서 티슈 한 장을 더 꺼내 주었다. 세 장, 네 장, 다섯 장…. 레스타는 계속 티슈를 건넸지만 일단 가동되기 시작한 눈물 공장의 생산량은 막혔던 배수관이 뚫려 버린 것처럼 엄청났다. 급기야 나는 꼴사납게 어깨까지 들썩거리며 울기 시작했다. 입에서는 끄윽끄윽, 흐느낌이 새어 나왔다. 휴지를 더 달라고 손을 내미는데 그가 스크린에서 눈을 돌려 나를 보았다. 내 손 위에 티슈를 올려놓는 대신 티슈로 내 눈물을 닦아 주었다. 나는 선뜻한 그의 손길을 느끼며 아기처럼 얼굴을 대고 있었다. 눈물이 어느 정도 잦아들자 그가 마지막으로 코를 풀어 주더니 내 어깨를 감싸 자기 품으로 가만히 끌어당겼다.

그의 품은 차가웠다. 하지만 따뜻했다. 얼음처럼 차가운 그의 가슴이, 내게는 어쩐지 솜털처럼 포근하고 부드럽게 느껴졌다. 그에게서는—가 본 적은 없지만—북극의 얼음 냄새가 나는 것 같았다.

나의 레스타는 언제나 영화관에 있다. 파리의 에펠탑처럼, 런던의 빅벤처럼, 뉴욕의 타임스퀘어처럼, 그리고 서울의 남산타워처럼. 내가 힘들고 외로울 때 찾아갈 수 있도록 늘 그곳에 있다.

나는 오늘도 영화관에 간다. 극장 맨 뒷자리에서 그의 차가운 손을 붙들고 영화를 본다. 그러다 영화가 지루해지면 혹은 지루하지 않더라도 그와 입을 맞춘다. 그건, 차갑고도 뜨거운, 우리 둘만이 할 수 있는 키스다.

[끝]

이 책을 본 사람들이 호러를 사랑하면 좋겠습니다.

　이 책을 본 사람들이 더 많은 호러 작품을 찾아보면 좋겠습니다.

　이 책을 본 사람들이 호러와 함께 행복했으면 좋겠습니다.

　미슐랭 평가단을 맞이하는 셰프의 심정으로 애피타이저부터 수프, 샐러드, 메인 코스, 디저트까지 플레이팅과 맛의 조화를 요모조모 고려해 '풍성한 호러 만찬'을 준비해 봤습니다만 여전히 아쉬움이 남습니다. 특히 제가 좋아하는 호러 문학을 더 많이 소개하지 못한 것이나, 호러의 거장과 작품들에서 '어? 이 작가가 없네?'라고 생각하는 분이 있지 않을까 걱정이 되기도 합니다. 한정된 지면에서 우선순위를 정하다 보니 어쩔 수 없었다는 변명을 하고 싶지만 결국은 좋아하는 음식만 골라 편식하듯, 편독하는 습관을 버리지 못한 탓입니다.

　어쩌면 다음 기회에, 더 많은 작가와 작품을 소개할

수 있기를 바랍니다.

프롤로그를 쓸 때만 해도 과연 이 에세이를 완성할 수 있을지 확신이 없었습니다만, 결국 끝을 맺는 날이 오고야 말았습니다. 책이 탄생하기까지 감사한 분들이 참 많습니다.

구픽 김지아 대표님, '에세이는 어려워'라는 늪에 빠져 오랫동안 허우적댄 작가를 흔쾌히 기다려 주셔서 감사합니다.

나를 약 올리고, 핍박하고, 괴롭히고, 그래도 가끔은 웃음과 응원을 주는 글, 고마워. 너와 나는 천생연분이야.

무섭고 징그러운 것들을 질색하면서도 딸을 위해 매년 핼러윈에 해골 모형을 선물해 주던 엄마, 사랑해요. 아빠도요.

끝으로 지금 이 문장을 읽고 계신 독자님들, 진심으로 감사합니다. 여러분 덕분에 저는 계속해서 글을 쓸 힘을 얻고 있어요.

2024년 봄,
남유하

책

° 『Crossed』, Garth Ennis, Jacen Burrows, Avatar, 2010
° 『D의 살인사건, 실로 무서운 것은』, 우타노 쇼고, 이연승 역, 한스미디어, 2019
° 『공포 문학의 매혹』, H. P. 러브크래프트, 홍인수 역, 북스피어, 2012(절판)
° 『공포, 집, 여성』, 엘리자베스 개스켈 외, 장용준 역, 고딕서가, 2021
° 『공포의 물고기』, 이토 준지, 서울미디어코믹스, 2020
° 『경계선』. 욘 아이비데 린드크비스트, 남명성 역, 문학동네, 2021
° 『귀담백경』, 오노 후유미, 추지나 역, 북홀릭, 2014
° 『공감 제로』, 사이먼 배런코언, 홍승효 역, 사이언스북스, 2013
° 『그 환자』, 재스퍼 드윗, 서은원 역, 시월이일, 2020
° 『나는 전설이다』, 리처드 매시슨, 조영학 역, 황금가지, 2005
° 『나도라키의 머리』, 사와무라 이치, 이선희 역, 아르테, 2023
° 『나사의 회전』, 헨리 제임스, 최경도 역, 민음사, 2005
° 『다이웰 주식회사』, 남유하, 사계절, 2020
° 『당신 인생의 이야기』, 테드 창, 김상훈 역, 2016
　　_수록작 「네 인생의 이야기」
° 『드라큘라』, 브램 스토커, 이세욱 역, 열린책들, 2009
° 『러브크래프트: 세상에 맞서, 삶에 맞서』, 미셸 우엘벡, 이채영 역, 필로소픽, 2021
° 『러브크래프트 전집 1』, H. P. 러브크래프트, 정진영 역, 황금가지, 2009
　　_수록작 「인스머스의 그림자」
° 『러브크래프트 전집 2』, H. P. 러브크래프트, 정진영 역, 황금가지, 2009

　　_수록작 「광기의 산맥」, 「우주에서 온 색채」

°『러브크래프트 전집 4』, H. P. 러브크래프트, 정진영, 류지선 역, 황금가지, 2012_수록작 「레드훅의 공포」

°『로드』, 코맥 매카시, 정영목 역, 문학동네, 2008

°『리처드 매시슨』, 리처드 매시슨, 최필원 역, 현대문학, 2020
　　_수록작 「버튼, 버튼」

°『보기왕이 온다』, 사와무라 이치, 이선희 역, 아르테, 2018

°『블랙 톰의 발라드』, 빅터 라발, 이동현 역, 황금가지, 2019(절판)

°『블러드 차일드』, 옥타비아 버틀러, 이수현 역, 비채, 2016

°『빈 쇼핑백에 들어있는 것』, 이종산, 은행나무, 2022

°『사랑 광기 그리고 죽음의 이야기』, 오라시오 키로가, 엄지영 역, 문학동네, 2020_수록작 「목 잘린 닭」, 「깃털 베개」

°『소멸의 땅-서던 리치 시리즈』, 제프 밴더미어, 정대단 역, 황금가지, 2017

°『소용돌이』, 이토 준지, 시공사, 2010

°『스파』, 에리크 스베토프트, 홍재웅 역, 교양인, 2022

°『시귀』, 오노 후유미, 추지나 역, 북홀릭, 2012(절판)

°『시시리바의 집』, 사와무라 이치, 이선희 역, 아르테, 2021

°『십이국기』, 오노 후유미, 추지나, 이진 역, 엘릭시르, 2023

°『맥베스』, 윌리엄 셰익스피어, 최종철 역, 민음사, 2004

°『피의 책』, 클라이브 바커, 정탄 역, 끌림, 2008
　　_수록작 「미드나잇 미트 트레인」

°『아우라』, 카를로스 푸엔테스, 송상기 역, 민음사, 2009

°『아킬레우스의 노래』, 매들린 밀러, 이은선 역, 이봄, 2020

°『악몽』, 조이스 캐롤 오츠, 박현주 역, 포레, 2014

°『언데드 다루는 법』, 욘 아이비데 린드크비스트, 최세희 역, 문학동네, 2016

°『양꼬치의 기쁨』, 남유하, 퍼플레인, 2021

°『에드거 앨런 포 단편선』, 애드거 앨런 포, 전승희 역, 민음사, 2013
　　_수록작 「검은 고양이」, 「어셔가의 몰락」

°『연이와 버들잎 소년』, 손동인, 이원수, 창비, 2001

°『오트란토 성』, 호레이스 월폴, 하태환 역, 황금가지, 2002

°『우리가 다른 귀신을 불러오나니』, 김이삭 외, 한겨레출판, 2022

°『우리가 불 속에서 잃어버린 것들』, 마리아나 엔리케스, 엄지영 역, 현대문학, 2020

° 『우리는 언제나 성에 살았다』, 셜리 잭슨, 성문영 역, 엘릭시르, 2014

° 『원숭이의 손』, 윌리엄 위마크 제이콥스, 내로라, 2021

° 『웹소설 작가를 위한 장르 가이드 7: 호러』, 김봉석, 김종일, 북바이북, 2016

° 『이끼』, 윤태호, 재미주의, 2015(절판)

° 『이블 아이』, 조이스 캐롤 오츠, 공경희 역, 포레, 2015(절판)

° 『이토록 친밀한 배신자』, 마사 스타우트, 이원천 저, 사계절, 2020

° 『이토 준지 단편집 베스트 오브 베스트』, 이토 준지, 미우, 2020

° 『이토 준지 연구: 호러의 심연에서』, 이토 준지, 네무키 엮음, 서현아 역,
시공사, 2019

° 『이토 준지의 고양이 일기 욘&무』, 이토 준지, 디원씨아이, 2010

° 『인간 실격』, 이토 준지, 다자이 오사무 원작, 오경화 역, 미우, 2018

° 『인간 의자』, 에도가와 란포, 안민희 역, 북노마드, 2020

° 『저주토끼』, 정보라, 래빗홀, 2023

° 『제비뽑기』, 셜리 잭슨, 김시현 역, 엘릭시르, 2014

° 『젠슈의 발소리』. 사와무라 이치, 이선희 역, 아르테, 2023

° 『좀비』, 조이스 캐롤 오츠, 공경희 역, 포레, 2012

° 『종이 동물원』, 켄 리우, 장성주 역, 황금가지, 2018
　_수록작 「즐거운 사냥을 하길」

° 『줄어드는 남자』, 리처드 매시슨, 조영학 역, 황금가지, 2007(절판)

° 『즈우노메 인형』, 사와무라 이치, 이선희 역, 아르테, 2020

° 『지킬 박사와 하이드』, 로버트 루이스 스티븐슨, 권진아 역, 시공사, 2015

° 『진단명 사이코패스』, 로버트 D. 헤어, 조은경, 황정하 역, 바다출판사,
2020

° 『침대에서 담배를 피우는 것은 위험하다』, 마리아나 엔리케스, 엄지영 역,
오렌지디, 2021

° 『카르밀라』, 조셉 셰리든 르 파뉴, 원형준 역, 루비박스, 2022

° 『토미에』, 이토 준지, 한나리 역, 시공사, 2018

° 『푸른 머리카락』, 남유하 외, 사계절, 2019

° 『푸른 수염』, 샤를 페로

° 『프랑켄슈타인』, 메리 셸리, 김선형 역, 문학동네, 2012

° 『흉가』, 조이스 캐롤 오츠, 아밀 역, 민음사, 2018

° 『힐 하우스의 유령』, 셜리 잭슨, 김시현 역, 엘릭시르, 2014

영화, 드라마, 애니메이션

° <O2>, 알렉산드르 아야, 넷플릭스, 프랑스, 2021

° <REC>, 하우메 발라게로, 스페인, 2008

° <13일의 금요일>, 숀 S. 커닝햄, 미국, 1980

° <28일 후>, 대니 보일, 영국, 2002

° <28주 후>, 후안 카를로스 프레나딜로, 영국, 2007

° <300>, 잭 스나이더, 미국, 2007

° <간츠>, 이타노 이치로, 일본, 2004

° <감기>, 김성수, 한국, 2013

° <검은 사제들>, 장재현, 한국, 2015

° <겟 아웃>, 조던 필, 미국, 2017

° <경계선>, 알리 아바시, 스웨덴, 덴마크, 2019

° <고스트 버스터즈>, 이반 라이트만, 미국, 1984

° <고스트 스토리>, 데이비드 로워리, 미국, 2017

° <곡성>, 나홍진, 한국, 2015

° <곤지암>, 정범식, 한국, 2018

° <괴물>, 봉준호, 한국, 2006

° <그로테스크>, 시라이시 코지, 일본, 2009

° <그루지>, 시미즈 다카시, 미국, 2005

° <그린 인페르노>, 일라이 로스, 미국, 칠레, 2013

° <기담>, 정식, 정범식, 한국, 2007

° <기생충>, 봉준호, 한국, 2019

° <나비효과>, 에릭 브레스, J. 마키에 그러버, 미국, 2004

° <나이트메어>, 웨스 크레이븐, 미국, 1984

° <너브>, 헨리 유스트, 미국, 2017

° <네 무덤에 침을 뱉어라>, 스티븐, R. 먼로, 미국, 2012

° <노스페라투>, 프리드리히 빌헬름 무르나우, 독일, 1922

° <노크: 낯선 자들의 방문>, 브라이언 버티노, 미국, 2008

° <님포매니악>, 라스 폰 트리에, 덴마크 외, 2014

° <다머>, 라이언 머피, 넷플릭스, 미국, 2022

° <더 넌>, 코린 하디, 미국, 2018

° <더 랍스터>, 요르고스 란티모스, 그리스 외, 2015

° <더 레이븐>, 제임스 맥티그, 미국 외, 2012

° <더 로드>, 존 힐코트, 미국, 2010

° <더 문>, 던컨 존스, 영국, 2009

° <더 박스>, 리처드 켈리, 미국, 2012

° <더 서클>, 제임스 폰솔트, 미국, 2017

° <더 씽>, 존 카펜터, 미국, 1982

° <더 웹툰: 예고살인>, 김용균, 한국, 2013

° <더 위치>, 로버트 에거스, 캐나다 외, 2015

° <더 패컬티>, 로버트 로드리게즈, 미국, 1999

° <더 퍼지>, 제임스 디모너코, 미국, 2013

° <데브스>, 알렉스 가랜드, FX, 미국, 2020

° <데스티네이션>, 제임스 완, 미국, 2000

° <덱스터>, 존 달 외, 미국, 2006~2013, 2021

° <돈 룩 업>, 애덤 맥케이, 넷플릭스, 미국, 2021

° <드라큘라>, 프랜시스 포드 코폴라, 미국 외, 1992

° <디센트>, 닐 마셜, 영국, 2005

° <디스트릭트 9>, 닐 블롬캠프, 미국 외, 2009

° <디 아더스>, 알레한드로 아메나바르, 미국 외, 2002

° <라이언 일병 구하기>, 스티븐 스필버그, 미국, 1998

° <라이트 하우스>, 로버트 에거스, 미국, 2019

° <라이프>, 다니엘 에스피노사, 미국, 2017

° <라이프 애프터 베스>, 제프 바에나, 영국, 2014

° <랑종>, 반종 피산다나쿤, 태국 외, 2021

° <러브, 데스+로봇>, 팀 밀러 외, 넷플릭스, 미국, 2019, 2021, 2022

° <렛 미 인>, 토마스 알프레드손, 스웨덴, 2008

° <로우>, 쥘리아 뒤쿠르노, 프랑스, 2017

° <링>, 나카타 히데오, 일본, 1998

° <마더!>, 대런 애러노프스키, 미국, 2017

° <마터스: 천국을 보는 눈>, 파스칼 로지에, 프랑스 외, 2009

° <매드니스>, 존 카펜터, 미국, 1995

° <매트릭스>, 더 워쇼스키스, 미국, 1999

° <멘>, 알렉스 가랜드, 미국, 2022

° <몬몬몬 몬스터>, 구파도, 대만, 2017

° <무사 쥬베이>, 카와지리 요시아키, 일본, 1993

° <무서운 영화>, 키넌 아이보리 웨이언스, 미국, 2000

° <미드나잇 미트 트레인>, 기타무라 류헤이, 미국, 2008

° <미드소마>, 아리 에스터, 미국 외, 2019

° <미스트>, 프랭크 다라본트, 미국, 2008

° <박쥐>, 박찬욱, 한국, 2009

° <반교: 디텐션>, 존 쉬, 대만, 2020

° <배틀 로얄>, 후카사쿠 킨지, 일본, 2002

° <뱀파이어와의 인터뷰>, 닐 조던, 미국, 1994

° <버드 박스>, 수사네 비르, 넷플릭스, 미국, 2018

° <베리드>, 로드리고 코르테스, 스페인 외, 2010

° <부산행>, 연상호, 한국, 2020

° <불신지옥>, 이용주, 한국, 2009

° <블라이 저택의 유령>, 마이크 플래너건, 넷플릭스, 미국, 2020

° <블랙 스완>, 대런 애러노프스키, 미국, 2010

° <블랙 크리스마스>, 밥 클락, 캐나다, 1974

° <블레어 윗치>, 다니엘 미릭, 에두아르도 산체스, 미국, 1999

° <블론드>, 앤드류 도미닉, 넷플릭스, 미국, 2022

° <빌리지>, M. 나이트 샤말란, 미국, 2004

° <사다코 대 가야코>, 시라이시 코지, 일본, 2017

° <사바하>, 장재현, 한국, 2019

° <사탄의 인형>, 톰 홀랜드, 미국, 1988

° <산책하는 침략자>, 구로사와 기요시, 일본, 2017

° <산타 클라리타 다이어트>, 빅터 프레스코 외, 넷플릭스, 미국, 2017~2019

° <살로 소돔의 120일>, 피에르 파올로 파졸리니, 이탈리아, 1975

° <살아 있는 시체들의 밤>, 조지 로메로, 미국, 1968

° <살인마 잭의 집>, 라스 폰 트리에, 덴마크 외, 2019

° <상처의 해석>, 바바크 안바리, 넷플릭스, 영국, 2017

° <새벽의 저주>, 잭 스나이더, 미국, 2004

° <새벽의 황당한 저주>, 에드거 라이트, 영국 외, 2004

° <샤이닝>, 스탠리 큐브릭, 미국, 1980

° <샴>, 팍품 웡품, 반종 피산다나쿤, 태국, 2007

° <서던 리치: 소멸의 땅>, 알렉스 가랜드, 넷플릭스, 미국, 2018

° <서스페리아>, 다리오 아르젠토, 이탈리아, 1977

° <서치>, 아니시 샤간티, 미국, 2018

° <세르비안 필름>, 스르잔 스파소예비치, 세르비아, 2010

° <세븐>, 데이비드 핀처, 미국, 1995

° <셔터>, 팍품 웡품, 반종 피산다나쿤, 태국, 2004

° <셔터 아일랜드>, 마틴 스코세이지, 미국, 2010

° <소름>, 윤종찬, 한국, 2001

° <솔라리스>, 안드레이 타르콥스키, 러시아, 1972

° <솔라리스>, 스티븐 소더버그, 미국, 2002

° <손 the guest>, 김홍선, OCN, 한국, 2018

° <송곳니>, 요르고스 란티모스, 그리스, 2009

° <숨바꼭질>, 허정, 한국, 2013

° <스위니 토드>, 팀 버튼, 미국, 2008

° <스크림>, 웨스 크레이븐, 미국, 1996

° <슬리피 할로우>, 팀 버튼, 미국, 1999

° <시구루이>, 하마사키 히로시, 일본, 2007

° <싱린의원>, 주자린, 넷플릭스, 대만, 2021

° <식스 센스>, M. 나이트 샤말란, 미국, 1999

° <싸인>, M. 나이트 샤말란, 미국, 2002

° <쏘우>, 제임스 완, 미국, 2004

° <아메리칸 사이코>, 메리 해론, 미국, 2000

° <아메리칸 호러 스토리>, 브래들리 버커 외, 미국, 2011~현재

° <아이 엠 어 히어로>, 사토 신스케, 일본, 2016

° <알 포인트>, 공수창, 한국, 2004

° <애나벨>, 존 R. 레오네티, 미국, 2014

° <애프터 양>, 코고나다, 미국, 2022

° <어둠 속의 미사>, 마이크 플래너건, 넷플릭스, 2021

° <어셔가의 몰락>, 마이크 플래너건, 넷플릭스, 미국, 2023

° <언더 더 스킨>, 조나단 글레이저, 영국, 2013

° <언더 워터>, 윌리엄 유뱅크, 미국, 2020

° <언브레이커블>, M. 나이트 사말란, 미국, 2000

° <언프렌디드: 친구삭제>, 레오 가브리아제, 미국, 2015

° <에일리언>, 리들리 스콧, 미국, 1979

° <엑소시스트>, 윌리엄 프리드킨, 미국, 1973

° <엑스 마키나>, 알렉스 가랜드, 미국, 2015

° <여고괴담>, 박기형, 한국, 1998

° <여귀교>, 해악룡, 넷플릭스, 대만, 2020

° <연가시>, 박정우, 한국, 2012

° <오디션>, 미이케 다카시, 일본, 1999

° <오멘>, 리처드 도너, 미국, 1976

° <온다>, 나카시마 테츠야, 일본, 2020

° <올드>, M. 나이트 샤말란, 미국, 2021

° <워킹 데드>, 그렉 니코테로 외, AMC, 미국, 2010~2022

° <월드 워 Z>, 마크 포스터, 미국, 2013

° <웜 바디스>, 조나단 레빈, 미국, 2013

° <위커맨>, 로빈 하디, 영국, 1973

° <유령 신부>, 팀 버튼, 미국, 2005

° <유전>, 아리 에스터, 미국, 2018

° <이끼>, 강우석, 한국, 2010

° <이벤트 호라이즌>, 폴 W. S. 앤더슨, 미국 외, 1997

° <이블 데드>, 샘 레이미, 미국, 1981

° <이제 그만 끝낼까 해>, 찰리 카우프만, 넷플릭스, 미국, 2020

° <이치, 더 킬러>, 미이케 다카시, 일본, 2001

° <인베이전>, 올리버 히르비겔, 미국, 2007

° <인비저블 맨>, 리 워넬, 미국, 2020

° <인시디어스>, 제임스 완, 미국, 2012

° <장화, 홍련>, 김지운, 한국, 2003

° <주>, 커멍룽, 대만, 2022

° <주온>, 시미즈 다카시, 일본, 2002

° <주온: 저주의 집>, 마야케 쇼, 넷플릭스, 일본, 2020

° <좀비랜드>, 루벤 플레셔, 미국, 2009

° <카니발 홀로코스트>, 루게로 데오다토, 이탈리아, 1980

° <카메라를 멈추면 안 돼!>, 이츠하시 코지, 일본, 2018

° <캐빈 인 더 우즈>, 드류 고다드, 미국, 2012

° <캠 걸스>, 다니엘 골든하버, 넷플릭스, 미국, 2018

° <컨저링>, 제임스 완, 미국, 2013

° <컨택트>, 드니 빌뇌브, 미국, 2017

° <컬러 아웃 오브 스페이스>, 리처드 스탠리, 미국, 2020

° <콜렉터>, <콜렉션>, 마커스 던스탠, 미국, 2011, 2013

° <콰이어트 플레이스>, 존 크래신스키, 미국, 2018

° <큐브>, 빈센조 나탈리, 캐나다, 1997

° <큐어>, 구로사와 기요시, 일본, 1997

° <크림슨 피크>, 기예르모 델 토로, 미국, 2015

° <킬링 디어>, 요르고스 란티모스, 영국 외, 2018

° <킬 유어 프렌즈>, 오웬 해리스, 영국, 2017

° <킹덤>, 라스 폰 트리에, 덴마크, 1994, 1997, 2022

° <텍사스 전기톱 학살>, 토브 후퍼, 미국, 1974

° <투모로우>, 롤랜드 애머리히, 미국, 2004

° <트와일라잇>, 캐서린 하드윅, 미국, 2008

° <트루 블러드>, 마이클 레먼 외, HBO, 미국, 2008~2014

° <티탄>, 쥘리아 뒤쿠르노, 프랑스 외, 2021

° <파라노말 액티비티>, 오렌 펠리, 미국, 2009

° <팬도럼>, 크리스티앙 알바트, 미국 외, 2009

° <퍼니 게임>, 마카엘 하네케, 오스트리아, 1997

° <펄스>, 짐 손제로, 미국, 2007

° <프라미싱 영 우먼>, 에메랄드 페넬, 미국, 2020

° <프레데터 대 에일리언>, 폴 W. S. 앤더슨, 미국, 2004

° <프레디 대 제이슨>, 우인태, 미국, 2004

° <프로메테우스>, 리들리 스콧, 미국, 2012

° <플라이>, 데이비드 크로넨버그, 미국, 1986

° <할로윈>, 존 카펜터, 미국, 1978

° <향수: 어느 살인자의 이야기>, 톰 튀크베어, 독일 외, 2007

° <헤어질 결심>, 박찬욱, 한국, 2022

° <혐오스런 마츠코의 일생>, 나카시마 테츠야, 일본, 2007

° <호스텔>, 일라이 로스, 미국, 2005

° <혼숨>, 이두환, 한국, 2016

° <회로>, 구로사와 기요시, 일본, 2001

° <휴먼 센티피드>, 톰 식스, 네덜란드, 2009

° <힐 하우스의 유령>, 마이크 플래너건, 넷플릭스, 미국, 2018

호러, 이 좋은 걸 이제 알았다니

1판 1쇄 인쇄 2024년 4월 2일
1판 1쇄 발행 2024년 4월 12일

지은이 남유하

발행인 김지아
표지 및 본문 디자인 풀밭의 여치 blog.naver.com/srladu

펴낸곳 구픽
출판등록 2015년 7월 1일 제2015-27호
주소 서울시 광진구 동일로 459, 1102호
전화 02-491-0121
팩스 02-6919-1351
이메일 guzma@naver.com
홈페이지 www.gufic.co.kr

ISBN 979-11-93367-05-6 03810